カミの森

川村毅

論創社

目次

カミの森

◉登場人物

A

B

C

D

E

F

G

H

I

1

Aが語る。そのAの姿をBが撮影している。

A

まず最初に森がありました。

森で迎える明け方を体験してください。木々のあいだから見える空が静かに明るくなっていきます。鳥があちこちで鳴きだし、土のなかの微生物が蠢く気配。草木の葉が太陽を浴びようとゆっくりと葉を広げます。

私たちは世界の一日目を体感します。太陽が上ると森は忙しくなります。動物たち、鳥たち、虫たち、微生物、植物が活動を始めて、森が大きな生命体となって空と向き合います。人間はこの生命体のなかの一部であると実感できます。森を支配しようとしている人間がいかに愚かであるかが理解できます。太陽光線が入らない薄暗いなかで、人間は森という生命体の太古からの時間を全身の皮膚から感じられます。太古の時間が体中に駆け巡るのです。その時間を人間が断ち切っていいわけがない。

夕暮れは世界の終わりです。森の色彩が終末色に染まります。世界の終わりが毎日あることを私たちは知らされるのです。

深夜。森の闇は恐らく世界のどの場所よりも深いことでしょう。何も見えない代わりにすべてが見えます。夕暮れに宿った太古の記憶が闇のなかで幻灯のように浮かんで来ます。ああ、私たちがこうして生まれて来る以前に、森はどれほどの時間を刻んで来たのだろうか。

森の夜、人間は夜に活動する動物たちと同じ視線になります。同じ光景を見ているのです。しかし、人間は悟るでしょう、動物たちは人間よりもっといろいろなものを見ている、様々なものが見えていると。

A

Aは手元にある本を開き、時折ページに視線を落としながら語り続ける。


その方はただのヒトです。ヒトはその時荒れ野にいました。目的もなく、ゴールもないまま荒れ野を歩いていました。微笑みを湛えながらささやき、叫ばず泣かないように心掛けて。

「ヒトは言いました。人間は人間であるが故に混乱から逃れることはできない。明るくなった空を見上げて混乱を引き受けよ。」

「ヒトは言いました。今では誰もが死の誘惑、死の衝動から無縁でいることはできない。しかし、人間よ、混乱を引き受けることは死を受け入れることではない。地球上のあらゆる生命体と共に生きるように自分の命と共生せよ。」

「ヒトは言いました。荒れ野をさまよう者は、解答を求めてはならない。求めればすぐに深い淵が現れる。」

「ヒトは言いました。動物、植物を殺戮してはならない。」

「ヒトは言いました。他人を傷つけず、殺戮せずに成就する欲望はない。欲望を抑制すること。」

荒れ野でささやき、さまよい続けるヒトの前に森が現れました。決して叫び声には耳を貸さない森の木々がヒトのささやきを聞き、招き入れたのです。

ヒトは森で沈黙しました。草木や動物、鳥のささやきに耳をそばだてました。

「ヒトは言いました。森へ。かぐわしきものの森へ。森に浸かれば欲望は自ずと消え失せる。」

そしてまた荒れ野に向かい、彷徨を再開させ、また自分のささやきを続けました。荒れ野でヒトは消え切らない自身の欲望を確認し、そうやって森に戻り、また荒れ野に出るという生活を続けました。

「ヒトは告げました。人間には街と荒れ野と森がある。街に洗脳された者は荒れ野に足を踏み入れ、そこで森を見いだせた者は、森にまで進むがよい。荒れ野しか知らない者は、やがて森を見つけるだろう。森にたどり着いた者が、荒れ野に戻るのも街に戻るのも自由だ。だが、森に一度足を踏み入れた者にとって街は牢獄に映るだろう。私はそれを否定はしない。牢獄のなかにも自由があるものだ。

B　私は森と荒れ野を行き来するヒトになった。

A　森しか知らない者、それはもうヒトではない。」

B　（カメラをAに向けたまま）ヒトではなく、神だと？

　いいえ。私は決して神を口にはしません。

　（カメラをのぞくのをやめて）……。

2

様々な動物、鳥の鳴き声がする。Cが立ったまま本を読んでいる。Dがやって来る。Cの近くに立つ。

C　あの……

D　あ、すいません。

C　え。

D　読書中すいません。

C　いえ……

D　（去ろうとする）

C　今日はキリンなんですね。

D　（立ち止まり）え。

C　この前はサイでしたね。

D　……。（立ち去る）

Cは見送り、場所を移動して、本を読み出す。猿の鳴き声がする。Dがやって来る。

D　あ。

C　（顔を上げて）どうも。

D　尾けてるんですか？

C　なんでそう思うんですか？

D　動物を見てないでしょ。

C　ええ。見られないんです。可哀想で。

D　そうですか。

C　好きなんですか、動物。

D　ほかに行くところがないんで。でも好きなんでしょうね。
C　わたしは動物園は好きじゃないんですが、動物の近くにいるのが好きなんです。
D　わかりますね。
C　ねっ。
D　ねっ？
C　（振り返り）猿山ですね。
D　（しばし眺める）
C　動物のなかでは何が好きですか？
D　別に……猿はだめだな。
C　猿はだめですか。
D　なんか落ち着かなくなるな。人間に近いからかな。
C　ねっ。
D　ねっ？
C　ねっ。
D　……働いてないんですよ、わたし。
C　（納得の）ああ。
D　今年になって解雇されましてね。働いてるふりして家は出るんですけどね。

C　職を探してらっしゃる？
D　もう諦めました。（視線を戻し）やっぱり猿はだめだな。

D、移動する。立ち止まる。Cは追う。

C　象に来ましたね。
D　……。
C　象はだいじょぶですか？
D　やっぱりキリンだな。
C　キリンに戻りますか？
D　ああいう生き物がこの世にいるってことが驚きですね。あんなに首が長くてよく生きていられるもんだ。
C　戻りましょう。
D　……あなた、なんなんですか？
C　（本を開き、読み上げる）「ヒトは言いました。会社から帰る時には、世界中のだれもが、行く時より勇気をなくしている。子供たちよ、冒険は死に絶えたのだ。」
D　は？

C　ノート第103番の言葉。

D　冒険なんてずっとないよ。

C　（納得の）ああ。

D　子供の頃からずっとないよ。

C　（別のページを開き、読む）「ヒトは言いました。労働とは哀しみだ。だから少しでもそれを薄めようとして人は富を得ようと労働に励む。哀しみから脱出しようと哀しみを増やす。この堂々巡り。資本家も労働者も等しく労働の番人にして囚人。哀しみだけが平等。」（顔を上げ）第125番の言葉。

D　誰の言葉ですか？

C　（本を見せ）『ヒト言行録』です。

D　宗教ですか。

C　はい。

D　間に合ってます。

D、移動する。Cは追わない。この後のDの語りの最中にやって来て、聞いている。

D　それから一週間が経ちました。いや、あの日のままなのかも知れない。わからなくなってきたな。とにかく、キリンの前にいます。あの日、猿山からキリンに戻ってここにいるのかも知れない。でも、猿山からキリンに移動するあいだに、また何度も死ぬことを考えた。ということは、やっぱり一週間とはいかないまでも数日後なのかも知れない。なぜ、死ぬことを思い止どまってキリンにやって来たかというと、まだ死ぬ理由が曖昧だからです。このまま死ねば解雇と失職のせいとされてしまう。違うと思うんです。究極のところでは違うと思うんです。ぼんやりと死ぬこともできますが、はからずもこの地球上のちっぽけな一生命として、やっぱりぼんやりと死ぬというのは失礼だと思うんです。

C　誰に対して失礼とお考えになるんですか？

D　誰というわけではありません……地球と生命に対してとでも言いますか……。口を挟まないでください。あなたに語っていたわけではない。

C　誰に語っていたんですか？

D　キリンにです。

C　森に来てみませんか？

D　森？

C　はい。

D　……どこの森です？

C　ついてきていただければわかります。
D　わかりました。
C　え。
D　何を驚いてるんですか？
C　今日はなんでそう無警戒なんです？
D　何も失うものなどない人間だからです。生まれた時からずっとそうだったことに今気づいたからです。

C　なぜ今日気づいたんですか？
D　キリンがそう言ったんです。
C　（微笑み）そういうことです。
D　は？
C　動物だけが真実を語ります。（微笑み）ねっ。
D　ねっ？
C　動物園にひとりでいる人に悪人はいません。
D　……はあ。

3

E、Fがいる。

E　今日は次のステップにいこうと思ってるのでよろしくお願いします。
F　早いんじゃありませんか。
E　大丈夫だ。彼は君を信頼してるからね。
F　基本まだ誰も信用していません。
E　そんなことはない。私だと一言も話そうとしなかった。彼から言葉を導き出したのは君だ。ここにきて、とみに調子が良さそうじゃないか。

F　最近陽気なのは別に思惑があると思います。
E　本心からのものではない、と。
F　陽気過ぎると思いませんか?
E　まあね。
F　回復したように見せて、早くここを出たいんです。
E　よく使う手だね。ショックを投入してみるにはいい時期だ。

F　まだ早いと思います。
E　そうかな。
F　回復したいという自己との葛藤の最中だと思います。
E　そうは思わないな。
F　これまで以上に時間がかかると思います。生き残ってしまった存在というのは……
E　生き残った？　両親はまだ生きてるかも知れないいんだろう。
F　ゾンビを生きている存在と見なすなら。
E　そこだよ。そこが従来のサバイバーズ・ギルトと違うところだ。我々はゾンビは死者だという認識をいったんやめるべきではないだろうか。
F　ゾンビを人間と見なすということですか？
E　人間ではないかも知れないが、存在としていなくなったわけではない。ゾンビの厄介なところだ。外観としては変わらずにいるわけだ。次のステップに移る時期だよ。彼がゾンビにどう反応するかだ。
F　来たようです。
E　では私は出てるので。（去る）

Gが来る。

G　やあ。どう、元気？
F　普通よ。
G　普通かあ。先生の普通って元気なことなの？　元気じゃないことなの？
F　普通は普通よ。
G　そういうふうにしていられるんだ。
F　どういう意味？
G　ぼくはもうどういうのが普通なのかわかんなくなっちゃった。
F　今は普通じゃないのね？
G　どういうふうに見える？
F　元気。
G　元気にしてるから元気なんだ。
F　最近ずっとそうだよね。
G　うん。不元気だと楽しくないからね。不元気で楽しいならそうするけどね。
F　元気が普通になったってこと？
G　普通になったかどうかはわからないんだ。元気は元気なんだ。だめ？　こういうの？
F　だめってことはないけど。

G　わかっちゃってんだよ。先生としてはさ、もっと暗くしてて欲しいんでしょ。心の傷とかトラウマとか言ってたいんでしょ。

F　そうでもないけど。

G　うそだあ。

F　そういうのが無いに越したことはないけど。

G　うそだあ。そういうのの専門だから、ぼくはここにいるんでしょ。こういうところにいるとさ、みんなそういう顔してなきゃってことだよね。だから、なんかさ、（どっと暗い顔つきになって、そのまま）こういう顔してるのが普通なんだなって考えるけどさ、（戻って）ぼく、やめたよ。ＰＴＳＤとかないから。

F　無理してない？

G　普通だよ。あ、普通かあ。そうか、先生の言う通りだ。元気が普通になっちゃった。なんでも喋れるよ。最初の頃話したくなかったのは、ここに入れられたからには、（どっと暗い顔つきになって）こうしてなきゃいけないんだろなって思い込んでたからなんだ。（戻って）そういう努力はもうやめたよ。いろいろ聞きたいんでしょ？

F　話せるならね。

G　話せる話せる。聞きたいのはあの町で起こったことでしょ？

F　話したくないなら無理しなくてもいいから。

G　話したくないのはね、もう書かれてることだからだよ。ゾンビの話なんか小説とか映画とかいろいろあるでしょ。あれと同じだから話したってしょうがないよ。
F　でも、君が体験したことは君だけのものだから、話してみて。
G　暇なんだね。
F　うざいやつ。
G　本音でたあ。
F　話したくないなら無理しないでいいから。
G　話すよ話すよ。最初はね、ホームレスのおっさんたちがおかしくなっていったんだ。ひとりが変だったのが、だんだんみんな変になってってって。だから町のみんなは、これはホームレスがかかる疫病だってんで、おっさんたちを町から追い出そうとしたの。でもすぐに追い出そうとしていた人たちが変になりだして、あとはお決まりのゾンビ物パターン。
F　家で起こったことを話すのは嫌？
G　全然。最初にゾンビになったのは、妹だったんだ。次に妹を看病していた母さん。母さんは妹に咬まれたんだ。母さんと妹で兄さんとぼくを襲ってきた。兄さんは母さんに咬まれた。父さんは、兄さんの頭をかち割って母さんに咬まれた。父さんは、母さんを縛り上げた。自分がゾンビになる前に母さんを引きずって家を出た。ぼくはその

F　まま家にいた。少しして窓から外を見ると、家の前をゾンビがぞろぞろ歩いていた。
G　襲われなかったの？
F　うん。
G　なぜ君は無事だったの？
F　ん？　ぼおっとしてたからじゃないの。
G　ぼおっとしてた？
F　うん。ぼくが思うにね、ぼくみたいにぼおっとしてんのはさ、はなからゾンビみたいなもんだから、ゾンビが仲間だと勘違いすんだな。ハハハハハハハ。
G　戦わずに済んだんだ？
F　うん。戦ってない。
G　ごまかしてない？
F　なんでごまかさなきゃなんない？
G　本当に？　これでも？

とゾンビが入ってくる。

F　（知っていながら、思わず）キャアー！

G　やあやあやあ。初めまして。
ゾンビ　ぼぉお。
G　変わらずに元気にぼおっとしてますね。
F　怖くないの？
G　怖いの？
F　怖いです。
G　一緒にぼおっとしてればいいんだ。どうぞ、こちらにお座りになって。
ゾンビ　ぼぉお。（座る）
G　町から来たの？
ゾンビ　ぼぉお。
G　よく生きてたね。もうほとんどやられてるって言うじゃない。今どれぐらいいるの？
ゾンビ　ぺい。
G　人間はいろいろ学習したからね。（Fに）ゾンビの弱点って頭でしょ。そいで映画だとさ、武器がなくてやられる場面とか多いじゃない。でもさ、バットとか大きいもんじゃなくてもさ、例えば、ちょっとペンかなんかある？　ボールペンでもいいんだけどさ。（Fからボールペンらしきものを受け取り）こんなもんでもさ、これで脳天突き刺せばイチコロだよ。こうやってさ……

とボールペンをゾンビに振り上げる。

F　！

ゾンビ　！

とその姿勢のままGは硬直してしまう。

G　（苦しがり）うううううう。（その場に倒れる）

F　（Gを診て）気を失いました。

ゾンビ　あー、びっくりしたあ。

とそれはEが仮装していたもの。

F　やっぱり早すぎたのではないでしょうか。

E　いや。見ただろう？　ゾンビを殺害しようとして倒れてしまった。それがわかっただけでも、意味はあった。

F　私がショックなのは暴力性です。ボールペンで頭を刺すなんて。
E　君はゾンビと遭遇したことがない？
F　ありません。
E　ゾンビと戦った人間は過剰な暴力性という悪夢から逃れられなくなる。普通からすれば、その暴力衝動を治癒するのが目的になるわけだが、どうもこの彼は複雑だな。
F　まだ真実を吐露していないってことでしょう。私が引き出してみます。
E　（Fを正面から見据えて）頼んだよ、君。
F　そのメイクで言わないでください。

遠くで「カット」とHの声がする。

Hの声　次にいきます。

Gは起き上がる。Eは去り、Fは次のシーンの配置につく。GとFが向き合って座る。

G　（前のシーンの陽気さは影を潜め）嘘をついてました。
F　そう。じゃあ本当のことを話してみて。

G　学校から家に帰ると、庭にゾンビになった妹がいた。襲ってきたので抵抗して押すと、妹は簡単に倒れた。花壇の石に後頭部を打って脳みそをぱっと散らせた。大変だと思って玄関の扉を開けた。誰も出てこなかった。家は静かすぎるほどに静かだった。あんな静かな家は初めてだった。ずっとひきこもってる兄さんの部屋に行くと、兄さんはパソコンを見ていた。振り返るとゾンビだった。兄さんが襲って来た。ぼくは自分の部屋に入ってバットを手にした。入って来た兄さんの頭をかち割った。脳みそが顔にかかった。廊下に出ると、父さんと母さんがぬうっと立っていた。ふたりともゾンビだった。父さんは片腕を差し出して、うーうーうなった。何か言いたそうなのがわかった。母さんが近づいて来た。バットを振り上げて、母さんを見ると灰色に濁ったゾンビの目から涙を流していた。ぼくはバットを振り下ろせなかった。父さんと母さんの間を駆け抜けて逃げた。ふたりは追っては来なかった。

F　……ありがとう。話してくれて。

G　ぼくはこれからどうなるの？

F　どうしたい？

G　父さんと母さんに会いたい。

F　会ってどうするの？

G　ぼくの手で葬ってあげたい。

F　え。

G　できないだろうな。たぶん。そんなことは。でもこのままじゃ、なんか中途半端だし。

F　ゾンビになるつもり？

G　それだけは嫌だな。

F　行ってみる？

G　……うん。

F　私も行くわ。

G　え。やめといたほうがいいよ。

F　自分のためだから。生存者と向き合っていくならば、ゾンビに遭遇しておかないと。告白すると、私もひとりだけ助かった人間なの。君と同じ、生き残った者。違うのは、私の家族を殺したのは人間だってこと。犯人は逮捕されたけど、私のなかでは何も解決されてはいない。一緒に行こう。何か解答が見つかるかも知れない。

G　ゾンビの森？

F　ゾンビの森。

Hの声　カット。

Hが出て来る。

H　ＯＫ。とてもよかったです。
F　お疲れさまでした。（去る）
H　（Gに）よかったよ。
G　そうですか。それはよかった。

Iが来る。

I　だいじょぶでしたか？　うちのこ。
H　達者なもんです。
I　よかったって。
G　今聞いたよ。
H　（Iに）来週は森のシーンに入りますんで。（Gに）いよいよ森だ。
G　はい。
H　では、お疲れさまでした。
G　お疲れさまでした。
I　よろしくお願いいたします。（Hを見送って）帰ったら森の場面、ママとやってみようか？

G　今日は疲れたよ。

I　セリフだけでもさらってみよう。

G　だいじょぶだよ。

I　明日はやろう。オフの日でもやっとかないと、染み込んだ役が消えちゃうよ。そういうものなのよ。消えちゃわないように、毎日リハーサルしとかないと。今ちょっと言ってみなさい。

G　ママ。

I　何か違う。もう一度。

G　ママ。

I　何か足りない。もう一度。

G　ママ。

I　まだ足りない。何かが。

G　……。

I　ひさしぶりの再会なのよ。

G　でも、ゾンビだよ。

I　ゾンビになってもママはママ。さ、もう一度。

G　ママ。

I　才能がないのかしら。

G　……。

I　あ、ごめんね。がんばろうね。がんばらなければいけない時は、思いっきりがんばろうね。そうでないとママみたいになっちゃうからね。前にも話したと思うけど、ママはがんばらなかったの。自分は他人より才能があると思ってがんばらなかったの。それで役を取れなかったの。もう一度。

G　ママ。

I　それでもママはまだ目が覚めなかったの。ただ運が無かったんだと自分に言い聞かせて、努力しなかったの。もう一度。

G　ママ。

I　才能を過信して中途半端になってしまった。他人に無関心だったせいね。自分と同じ程度の他人なんてやまほどいるんだってことに気がつかなかったの。他人を愛するってことを知らなかったの。愛されずに育ったから他人への愛に欠けてたの。君を産んでそれがやっとわかったの。わかる？

G　……。

I　君は絶対だいじょうぶ。あたしが君を愛してるから。

G　……ママ。
I　足らない。まだまだ愛が足らない。
G　……。

4

Hがいる。カメラを構えたBが来る。カメラをHに向けて。

B　あれ？
H　ん？
B　（カメラを下ろして）H監督ですよね？
H　はい。
B　監督の映画、好きです。
H　そりゃどうも
B　このあいだのは、あまり気に入らなかったけど。
H　ん？
B　わたし、Bと言います。ドキュメンタリー映像を専門にしてます。

H　ああ。君かあ。
B　わたしのこと知ってる？
H　去年、ナンタラ新人監督賞取った人だろ？
B　はい。ナンタラ新人監督賞いただきました。今この森を撮ってるんです。Aさんとこ
　　この集団についてです。監督は新作ロケですか？
H　うん、まあ。
B　何を撮ってるんですか？
H　言いたくないです。
B　感激です。監督と同じ現場で。
H　同じ現場って……

Cが来る。

C　（Bに）勝手にうろうろしないでください。おふたりお知り合いですか？
H　いや、今会ったばかりです。
C　（Bに）誰を撮るのか、どこを撮るのかは事前に知らせてください。
B　Aさんからは自由に撮っていいと言われましたけど。

C　困ります。
B　やましいことでもあるんですか？
C　どういう意味ですか？
B　規制があったらドキュメンタリーになりません。

Aが来る。

A　なにかもめてますか？
C　自由に撮っていいとおっしゃいました？
B　言いましたよね？
A　ええ。
C　困ります。
A　どうせ撮るなら全部撮ってもらいましょう。
B　ほらね。
C　撮られたくない方もいるんですから。
A　そうか。そういうことか。
B　ボカシ入れますから。

C　（Bに）私の許可を取ってからにしてください。
B　いちいちですか？
C　はい。
B　やってられないな。
C　あなたね……
A　（Hに）ひさしぶりです。
H　……ひさしぶり。
B　ん？（ふたりの「ひさしぶり」という言葉になにかを感じ）ここ撮っていいですか？
A　それは困ります。
C　（Bに）ほらね。こういうことです。
A　少しふたりだけにしてください。

B、Cは去る。

A　元気そうですね。
H　あなたも。お元気そうで。
A　こんな辺鄙なところまでよく来ましたね。

H　頼みがあって来たんです。

A　どういう頼みですか？

H　今度ここで映画を撮るんだけどね。

A　映画……。

H　映画監督をやってるんです。

A　あなた、映画を撮ってる？

H　うん。

A　そうですか。

H　ここでロケしたいんだ。

A　この森一帯の所有者は、山の麓で一人暮らしをしている……

H　あのおじいさんの許可はもう取った。

A　そうですか。それなら問題はありません。ご自由にどうぞ。

H　映画に協力して欲しいんだ。

A　どういった協力ですか。

H　人が足らないんだ。で、ここの人たちに参加してもらいたいと。

A　なるほど。そういうことですか。

H　どうだろうか？

A　いいですよ。
H　よかった。ありがとう。じゃあ、よろしく。今日はこれで。
A　もういくんですか？
H　うん。
A　またゆっくり会いましょう。
H　うん。……まあ……いいよ。無理しなくても。
A　無理だなんて、そんなことはない。
H　あんた、おれと話すの嫌だろ？
A　なぜ？

Cが来る。

C　お邪魔してよろしいですか？
H　ぼくはもう去りますので。
A　今度森で映画を撮るそうです。
C　なんでこうみんな私たちを撮りたがるのでしょう。
H　ドキュメンタリーではありません。

A　協力することにしました。
C　（Hに）シナリオはありますか？
H　はい。
C　シナリオを見せてください。協力するかどうかは目を通してから決めさせていただきます。

H　今許可をいただいたんですけど。
C　（Aに）ですから、こういうことは私を通していただかないと。勝手に決められては困ります。

A　申し訳ない。
C　事務局長のCと申します。いただいた案件については、検討してまたご連絡差し上げます。

H　わかりました。じゃあ兄さん、また。
C　（静かに）！
A　久しぶりに会えてよかったです。
H　うん。
A　嫌だなんてことはありませんので。
H　わかった。その……今度またゆっくり。

A　はい。

H、去る。

C　本当なんですね？
A　弟です。
C　あなたに会うための嘘かと思いました。
A　二十年ぶりですかね。
C　似てませんね。
A　子供の頃から似ていません。
C　新しい方がいらっしゃってますが、今はやめておきますか？
A　なぜやめるのですか？
C　動揺されているかと。
A　なぜ？
C　ひさしぶりに弟さんと会われて。あなたにも肉親がいらしたんですね。
A　弟とは、いずれ再会すると予想していましたので。お通ししてください。
C　わかりました。（少し歩いて）どうぞ。

Dが来る。

A　はじめまして。Aです。あなたのことはCから聞きました。入信を希望されているのですね？

D　まだよくわかりません。

A　けっこうです。（持っていた本を開き、読む）

「ヒトは言いました。肉体労働のいちばんの苦痛は、ただ存在することのために長時間、努力することを強いられることです。労働者たちは、パンより詩がほしいのです。彼らの生活が詩になること、永遠の光を必要としているのです。どうか永遠の光によって、生きる理由や働く理由ではなく、そんな理由を探さないですむような豊かさを与えられますように。そうでなければ、唯一人を働かすために発奮させるものは、強制と利益だけです。強制は、人びとの抑圧を意味します。利益は、人びとの腐敗を意味します。」

D　（何かしらを感受した気配で）……。

A　（Dを見据えて）……。

D　宗教なんですよね？

A　はい。無教と言います。何もない無の、無です。（本のページをめくり、そこに視線を落とし）
「ヒトは言いました。全体の中で、真の自分の場所にいることができるために、無となること。」
「ヒトは言いました。植物の段階にいたるまで、無となること。」（本から顔を上げ、Dに微笑む）こんな感じです。

Cは A に対して祈りのポーズをとる。

D　何か祈らなければいけないんですか？
A　祈ってもいいし、祈らなくてもいいです。あなたは宗教を持ってらっしゃる？
D　何も。何も信じていません。
A　けっこうです。無教は無宗教の人々のための宗教です。
D　でも、ここで何をすればいいのか、わかりません。
A　生きていればいいんです。無ですから。

5

E、F、Gが散弾銃を持って出て来る。

E　森だな。
F　深々とした森です。（スマホを見て）まったくの圏外です。
E　もっと行くとゾンビ居住地があるらしい。「らしい」というだけで、どういう場所なのか誰も知らない。戻って来た者はいないからね。それで、こんなふうに考えたんだ。
F　どんなふうに考えたんですか？
E　ゾンビ・パンデミック・サバイバーを特別だと考えるのが、そもそも間違いなのではないかと。
F　彼（G）の前でそういった話はやめてください。
G　ぼくなら平気だよ。ここまで一緒に来たんだ。もう医者も患者も関係ないだろ。だってさ。
E　わかりました。続けてください。
F　ゾンビと戦った者の苛酷さとは何だ？
E

F　……。
G　ぼくが答えるよ。肉親や近親者のゾンビ化を目の当たりにすることです。
E　それは果たして特別なことなのだろうか？
G　……。
F　残酷なことを主張しようとしていますね？
E　病で死にゆく人間は元気な頃とは別人のように見える。事故で死んでしまった人間は、生前とは変わり果てた姿の場合がある。それはゾンビ化した肉親を目の当たりにすることと同じなのではないか。さらに、生きている者にもゾンビのアナロジーを見いだせる。認知症で刻々と変わり行く両親だ。人間は普通に生きていてすでにゾンビの苛酷さと向き合っているのではないだろうか。
G　違うと思います。ゾンビの場合、殺さなければ殺される、だからサバイバーは否応無しに殺さなければならなかった。ゾンビ・パンデミックの苛酷さは、ゾンビになった肉親や知人友人を殺さなければならないということです。
E　正しい。
F　認知症の方とゾンビを一緒にするなんて、バチが当たりますよ。
E　これがゾンビ学というものだ。ゾンビの苛酷さは、実は私たちの現実生活の苛酷さを証明してるんだ。あ……。（と一点を見つめる）

Eの視線の先にゾンビが現れた様子。

F　……出た。

E　すいませーん！

F　え。

E　おーい。すいませーん！

F　何をしようというんです？

E　新しいアプローチだ。私たちはゾンビへの先入観に囚われ過ぎているのではないだろうか。彼らにだって感情があるのかも知れない。（Gに）そうだろ、君。君の両親は君を襲わなかったんだろう？

G　たぶん。

E　すいませーん。ちょっとおたずねしまーす。あなた方の居住地はどっちですかー？居住地への道を教えてくださーい！

E、ゾンビがいるらしいほうへと進み、去る。

F　あ。

　襲われたらしい。Eの「あー!」という悲鳴。次に何発かの銃声。E、戻って来る。

E　咬まれたよ。私は終わったよ。さあ、ゾンビ化する前に頭を撃ち抜いてくれ。
F　え。
E　いきなり苛酷な状況に遭遇してしまったね。だが、君、当事者になって今後の治療、研究にこの経験を生かすんだ。さあ、撃って。
F　でも、先生、あなたはまだ……ゾンビ化前の人間を殺すのは殺人に当たらないの?
E　悩むな!
G　ぼくがやるよ。(と散弾銃を構えるが)ううううううう。(と硬直してしまう)
E　私をゾンビにさせないでくれ。きれいなままで死なせてくれ。早く撃て。撃ってくださーい!
F　……。(何も出来ない)
E　(と混濁し始めたようで)大体おれが襲われた時になんで助けようとしなかった。なにぼおっとして見てたんだあ。(完全に豹変し)ガガガガッー。とっとと撃ちやがれ、このクソ生意気なメスブタっ!　ガガガガッー!(と嘔吐する)

E、さらに「ガガガガッー」とFに襲いかかろうとする。F、頭部に向けて撃つ。E、倒れる。

F　……。

G　やったね。やっちゃってみると、けっこう簡単だろ。やれちゃうんだよね。やれなかった人は、ゾンビになるか、食べ尽くされて跡形も無くなるか。

F　……。

G　どうする？　ぼくはこの先を行くけど、先生はやめとく？

F　行きます。

G　いいの？　知ってのとおり、ぼくは使い物にならない体だ。先生が撃ち続けなきゃなんないんだよ。出来る？（と気づき）あ。（その方向を見て）また出たよ。

F、散弾銃を構える。

G　（Fを制し）待って。見える？

F　うん。

G　……ママ。
F　え。
G　ママとパパだ。手招きしてる。
F　うん。
G　ついて来いってさ。行く？
F　行きます。
Hの声　カット。

Eは起き上がる。俳優全員が去る。

6

A、C、Hがいる。

C　シナリオを読ませていただきました。残念ですが、協力させていただくのには無理があります。
H　は？　兄さんの意見ですか？

A　残念だけど、そういうことになった。
H　理由はなんです？
C　こういった種類のものには協力しかねます。
H　兄さんの意見を聞きたいんだ。だめな理由はなんです？
A　ゾンビだからです。
H　ゾンビのどこがだめなんですか？
A　ゾンビの起源はブードュー教です。ブードューに関しては私たちはまるで無関係です。
H　兄さん、あなたはゾンビ映画の進化を知らないから、未だにブードュー教なんて言い出すんだ。ゾンビはもはやブードュー教の謂れからとっくに逸脱しています。

A　(Cに)そうなんですか。
C　低級な商業映画に加担するのはお断りします。
H　低級な商業映画ですか?!
C　神と悪魔と人間を巡っての、なにかしら問いを突きつけるホラーならまだしも。
H　あなた、けっこう見てますね。そういうことなら話は早い。あなた、ちゃんとシナリオ読んでくれましたか？

C　私はプロデューサーではありません。
H　は？　ぼくは何も資金をお願いしてるわけではないですよ。

C　シナリオを理解できないで撮影にゴー・サインを出そうとしないアメリカ映画のなかのプロデューサーに対するような言い草はやめて欲しいと言ってるんです。

H　あなた、見てるなあ!

C　ビデオ・アーカイヴがありますので。

A　まあ、ここは暇でしょうから。

C　暇つぶしで見ているのではありません。

A　失礼。(Hに)つまり、死者の問題です。

H　あ?

A　ゾンビが死者だからです。ゾンビはモンスターでも妖怪でもない、亡くなった人間です。死者をあのように描くのには容認できない。

H　あのようにとは、どのようにです?

A　徹夜で数本のゾンビ映画を見ました。

H　見たんだ。

A　一度見てみろと言われたもので。

H　もちろんロメロも入れています。

A　死者の尊厳を無視し、その人の生前の存在を否定し尽くすような描き方です。我慢がなりません。

C

A

H　まさにそこですよ。ぼくがやりたいのは、まさしくそうしたゾンビの描き方への疑問符ですよ。さては兄さんもシナリオをよく読んでないな。おふたりとも、最後まで読んでない。中盤までのゾンビ殺戮場面あたりで、やれやれとばかりに読むのをやめた。そうでしょう?

C　興奮しないでください。

H　この映画のゾンビが従来と違うのは、どうやら意識と感情を持っているらしいってことです。ぼくは考えたんですよ、死んだ人間の意識や感情はどういったものなのかと。死の淵を体験して蘇った者は、新しい人間として生まれ変わった者なのではないか。それならもっと真面目な設定にしてはどうですか。

C　ゾンビは真面目ではないと?

H　ゾンビは不真面目です。

C　真面目なゾンビもいます。

H　会ったことないです。

C　ゾンビは、ぼくの映画では新しい人間なんです。駆逐されるべきモンスターではないんです。

H　つまり、君の映画では人間とゾンビの戦いは、人間と新しい人間の闘争であると?

A　さすがだ、兄さん。その通り。

A　そこから何が導かれますか？
H　……。
A　どういった結論が出されますか？
H　愚かさ。人間の愚かさ。
A　人間はもう何百年も自らの愚かさを記述し、嘆いています。しかし、人間はすぐそれを忘れてしまうのです。

H　だから、忘れないために今また描くというか……。
A　そういうことなら、必要なのは宗教です。
H　……。（初めて会った人のように、ある意味驚いてAを見つめる）
A　（Hの視線に対して）どうしました？
H　いや別に……なんと言うか……。
A　（きっぱり）協力はできません。
C　……そうですか。残念だ。（去る）
A　あなたはシナリオを最後まで読んだのですか？
C　途中までです。
A　持って来てください。
C　読むんですか？

A　はい。

7

食卓のテーブル、椅子が配置され、EとGが食卓につく。ここではEはゾンビメイクを施してGの父親を演じている。

E　あうあうあうあうあうあだよ。
G　ほんとにパパ？
E　あうあうあうだよ。
G　なんでぼくを襲わないの？
E　あうあうあうあうあうあだろ。
G　いきなりそういうことを言われてもわからないな。パパはぼくのことなんかに関心がないだろ？
E　あうあうだ。
G　ゾンビになって変わったんだ。
E　そんなこと、あうあう。あうあうあうあうあうあだよ。

G　うちにいたって缶チューハイ片手にゲームばかりじゃないか。
E　あうあうあうあうあなんだ。
G　ストレスばかりの生活だったんだね。それに比べると今のほうが楽ってこと？
E　あうあうあうあうだあ。
G　もう遅いと思うよ。だってパパはもうゾンビだろ。人間のぼくとの断絶は深まったと思うな。
E　（しょんぼり）
G　ゾンビになってママとはうまくいってるの？
E　あうだ！
G　よかったね。
E　あうあうっての。
G　でも、ゾンビになってもパパは変わってないね。なぜってパパは家で死んでたからね。
E　そんなパパをママは軽蔑してた。
G　……。（Gをじっと見つめる）
E　（それに気づいて見つめ返し）虚ろに濁った目。人間の時と変わらない。
G　……。（見つめる）
E　人間のパパともっと話をしたかった。

Fが食事を運んで来る。ゾンビメイクを施して母親を演じている。

G　ママ……。

Fは肉の盛られた皿を三つ、それぞれの前に並べて自分も座る。

G　久しぶりだな、ママの料理。

E　あうあうます。

F　あうあうます。

と凄まじい勢いで食べ始めるEとF。Gは啞然として見つめる。

G　いただきます。（肉をフォークから食べようとして、何かに気づく）まさか、これ……（肉の匂いを嗅ぐ）！　先生を殺したな！

Gが立ち上がろうとするところをEが押さえる。どうやらすごい力のようだ。FがGの片腕を掴む。

F　（恐ろしいまでのダミ声で）食べてしまいたいほどに可愛い息子。（Gの腕を咬む）

G　！

Hの声　カット。

Hが来る。

H　OKです。

E、Fは去る。入れ替わりにIが来る。

I　だいじょぶでしたか？

H　とてもいいです。

I　シナリオと違うこと言ってるからひやひやしちゃって。

H　了解済みです。自分で考えたセリフを言っていいよって。なっ。

G　はい。

H　即興ですよ。たいしたもんだ。（Gに）このやり方をたまに使おう。できるよね？
G　がんばります。
H　がんばらなくていいんだ。等身大の君でいいんだから。じゃあ休憩ね。（去る）
G　等身大ってどういう意味？
I　（答えず）パパのこと、あんなふうに思ってたんだ。
G　あんなふうにって？
I　そうだよね。嫌いなんだよね。
G　好きだよ。
I　勝手にいなくなっちゃうパパだもんね。
G　だから、好きだよ。
I　え？　どういうこと？

ゾンビメイクのままのFが来る。

F　あの、もしかして……。
I　え？
F　Iじゃない？

I　は？
F　あたしの知ってるIじゃない？　あなた、Iよね？　あたしのこと忘れた？　Fだよ、F。
I　ええーっ。F！　信じられない！　ひさしぶりい！
F　ほんとは気づいてたんでしょ。
I　なに言ってんの、このメイクじゃわからないよ。
F　女医役はすっぴんだけどね。
I　だって名前も違うんだもん。なんですぐ声かけてくれなかったのよお。
F　あたしも今気づいたんだって。やだ、G君、息子さんだったんだ。
I　えらいねえ、F、まだ続けてたんだあ。（Gに）この人ね、ママと同じ養成所にいたのよ。
F　不思議なご縁ね。Iの息子さんのママをあたしがやってるんだあ。
I　年月ねえ。
F　ほんと年月よお。
I　息子のこと、よろしくお願いします。いろいろ教えてやってください。
F　そんなあ、あなたのほうが全然優秀だったじゃない。
I　そうねえ。

F　なんでやめちゃったの？
I　いろいろあったのよ。
F　時間ある時、ゆっくり話さない？
I　話そう話そう。
F　お互い納得いかない人生よね。
I　お互い？
F　じゃあ、これからまだあるから。またね。
I　またね。

F、去る。

I　気づいたか……なんか、ムカツク。
G　……。
I　（Gの視線に気づき）ママの昔の友達よ。きっとよくしてくれると思うわ。なんかあったらママに言うのよ。
G　なんかって？
I　なんかは、なんかよ。

8

AとHがいる。

A　わざわざ来ていただいて申し訳ない。
H　いやいや。
A　映画に協力させていただきます。
H　え。
A　何をすればいいのでしょう?
H　ホント?
A　具体的に何をすればいいのでしょうか?
H　ここの方々にエキストラとして出てもらいたいと。
A　ゾンビ役ですか?
H　はい。
A　わかりました。私からは奨めはしませんが、希望する者は止めないということです。おそらく大勢が出たがると思います。

H　ありがとう。
A　ろくでもない人間に森へ押しかけられるよりは、このほうがいいということです。
H　感謝します。では。
A　去りますか？
H　去ります。さようなら、お兄様。
A　……。

H、去るが、そっと戻って来て、Aの背後から襲う。

A　お。

Hは子供がじゃれあうかのようにプロレス系の技をかける。とAはそれを外して、逆にHに技をかける。Hはそれで動けない。

H　イタタタタ。アニキだ。やっぱり本当のアニキだ。いつまでやってんだ、離せよ。
A　（技を解いて）仕掛けてきたのは、おまえだろうが。
H　ハハハハハハ。

A　笑ってやがる。ふざけんなよ。
H　やっと気味の悪い敬語みたいのやめやがった。
A　馴れ馴れしいぞ。
H　よそよそしいぞ。
A　お互いもう大人なんだから。子供の時分とは別人格なんだから。
H　得意のコブラツイストは、変わらなかったぞ。おれといる時は仮面を外せよ。
A　仮面だと？　いつだって素顔だ。
H　へー。
A　どうしてここを知った？
H　週刊誌の記事だよ。
A　記事？
H　知らないのか。じわっと話題になってるよ。ヤバげなカルトが森の奥でなんかやってるって。
A　勝手に書けばいい。私たちは人になにも強制しない、なにも期待しない。お布施も寄付もない。
H　……そうですか。
A　親切は受け入れるがね。

H　でも、なんとなく気味が悪いな。

A　そう思うなら、それでけっこう。

H　かすみ食ってんのか？

A　自給自足だよ。野菜を栽培したり、田畑を耕したり、鳥や動物の世話をしたり。外で働きたい方は森を出てアルバイトをする。働きたくない方は働かない。働く方にも働かない方にも一律に食事と寝所が与えられる。多くの時間は『ヒト言行録』の学習と作成に当てられる。

H　なんだい、それは？

A　バイブルのようなもんだ。ベースメントは私が作った。様々な書物から言葉を見つけて、ページを増やしていく。永遠の未完成だな。

H　パッチワークじゃないか。

A　インチキだという批判も耳にするが、それを言うなら、引用した出典の言葉がインチキだということだ。

H　パッチワークというやり口がインチキだって言うんじゃないか。

A　新しい言葉はいらない。過去こそがいつも新しい。

H　……ぷいといなくなって二十年間何をしていたんだ？

A　それを話すと、長くなるな。

A　H
……なんで何も連絡して来なかったんだ？

A　H
……そっちはどうなってる？

A　H
母さんは施設にいる。たぶんもうアニキと会ってもわからないかも知れないな。

A　H
……そうか。

A　H
消えた兄について話そうとする者は、いない。

A　H
それはよかった。

A　H
ずっと宗教やってたのか？

A　H
……家を出て、街をふらふら彷徨っていた。人間の屑になって迷路のなかで生きたんだ。

A　H
他人への嫌悪感だけを抱えて生きている自分に絶望したんだ。そういう自分が嫌になってとことん堕ちてやろうと、自分から屑になっていったんだ。人に言えないようなこともやった。しかし、おまえには話そうと思う。「人に言えないようなこと」をおまえに話すということは、おまえを人と思っていないというわけではない。

A　H
いいから話せよ。短く頼むよ。

A　H
街の裏側でいろいろな職に就いた。金融業にいた時、借金の取り立てである人を拉致したんだ。さんざっぱらいたぶって車で深夜の森に運んだ。森の奥底まで行って穴を掘って埋めた。

A　H

生きたまま？

頭だけを地面から出して埋めた。

暗い森を歩いたよ。このまま街に戻ればあの人は死ぬだろう。木々の視線を感じた。木々は私を無感情で見つめていた。無感情という感情に私の全身が抱き抱えられる感覚を覚えた。初めての感覚だったよ。急に埋めた場所に戻って、土を掘り起こしてその人を抱え上げた。ぐったりして瀕死だった。車で街に戻り、病院の前に転がした。しばらくの間、そのことを忘れていたんだが、台風が上陸したある夜、部屋の暗がりで漫然と酒を口にしていたところ、あの森の感覚が甦った。いてもたってもいられなくなって暴風雨のなか、車で森に向かった。

森を歩いた。自分でも意味不明のことを叫びながら奥へと進んだ。森の奥へいくほど木々が雨風から守ってくれているのがわかった。どれだけ歩いたかはわからない。くたびれてある一本の木を抱き締め、そのまま根元に座り込んだ。

雨風が収まり、明け方を過ぎると、太陽が顔を出した。濡れた草木から輝く滴が落ちた。その滴の地表に落ちる音が旋律を奏ではじめ、それに鳥の鳴き声が唱和し、遠くの動物たちの会話も加わって、壮大なシンフォニーが誕生していた。

私は立ち上がっていた。声を上げようとしても出なかった。歩こうとしたが、足が動かなかった。

H A H A H A H A H A H A H A H 　 A H

私は木になっていた。一本の木になっていたんだ。

あ……（何か言いかける）

木になると、これまで見えていた世界が変わった。植物は植物ではなく、動物は動物ではなくなる。彼らは自分と同じ生命体で……

わかったよ。

……。

わかったから、帰るよ。

何がわかったんだ？

（つぶやくごとく）木になったって、植物人間かよ。

おまえ、まじめじゃないな。

今のこと、もう何度も人前でしゃべってんだろ。

人間には宗教が必要なんだ。からっぽのこの国の人々には。

おれには必要ないな。

いいだろう。おまえは絶望が足らない。

幸いなことにね。

議論するか

昔やったようにしようか？

昔やったようにか？

ＨＡ　ああ。
ＨＡ　やめとくよ。どうせ言い負かされる。と去り行くおれは、かつてと同じようにまた兄に負けたってわけだ。（去りかけて）なんで協力にＯＫしたんだ？
ＨＡ　シナリオを読んでだ。
ＨＡ　……。
ＨＡ　興味深いものだった。ただ最後がよくわからなかったな。
ＨＡ　ラストは書いてない。撮りながらことの顚末を見つけようと思ってる。
ＨＡ　ゾンビの群れは私たちをモデルにしたのか？
ＨＡ　まさか。なんでそう思ったんだ？
ＨＡ　シナリオの通奏低音に共鳴したからだ。
ＨＡ　ふうん。兄弟だからかな。
ＨＡ　しかし、ゾンビの暴力性と人肉食いを容認することはできない。反吐が出るね。
ＨＡ　協力してくれるのか、駄目なのかどっちなんだ？
ＨＡ　ゾンビと私たちを結びつけるような描き方は絶対しないで欲しい。
ＨＡ　了解。

Ｈはスキットルを取り出し、ぐいと一口飲む。

A　ウイスキーか？
H　ああ。（また一口ぐいと飲む）
A　強くなったな。
H　昔のアメリカ映画の真似をするうちに、こうなった。やるかい？
A　二十年飲んでないな。
H　昔はけっこう飲んでたのにな。
A　……正直に言うと、過去を知ってるおまえを消してしまいたい。
H　ほんと正直だな。（一口飲み、去る）

CとDが来る。

C　今よろしいですか？
A　どうぞ。
C　お話を伺いたいとのことです。
A　わかりました。

Cは去る。

A　どうかしましたか？

D　無というのが、よくわかりません。

A　『ヒト言行録』を広げましょう。

ふたりは各々『ヒト言行録』を手にする。

A　（ページを開き）ノート第25番。

D　（ページを開く）

A　「ヒトは言いました。自分が無であることをいったん理解したならば、あらゆる努力の目標は、無となることである。この目的をめざして、すべてを耐え忍び、この目的をめざして働き、この目的をめざして祈るのである。」

D　まだよくわかりません。私には信仰心がない。

A　それでいいのです。信仰と無信仰を両方抱えながら、祈り続けるのです。

D　今までと何も変わらないじゃないですか。

A　続けてください。続けることです。

D　……。

9

Bがカメラで何かを撮っている。Hが来るが、Bをみとめて去ろうとする。

B　（Hに気づいて）木を撮ってるんです。
H　（足を止めて）……。
B　木にも表情があるんですね。毎日森に来てみて初めて気づいた。今日はみんな機嫌がいいみたい。
H　あっそう。
B　このあいだ森の妖精を見つけました。慌てて撮ったけど、やっぱり映ってなかった。信じます？　妖精。
H　撮影の途中なんで。
B　ゾンビ映画ですね。
H　わかってしまったか。
B　メーキャップを見れば、誰でもわかりますよ。（とカメラをHに向ける）

H　撮るなよ。
B　（無視して）なぜゾンビなんですか？
H　撮るなって。
B　なぜゾンビは頭を撃たないと死なないんですか？
H　おれが知るか。
B　無責任ですね。
H　それがゾンビ・ルールだからだよっ。
B　最近のアメリカ映画では誰もが顔や頭を撃ちたがります。これはゾンビ映画の影響でしょうか？

H　アメリカ人に聞けよ。（去ろうとする）
B　（追って）監督、逃げないでください。
H　（立ち止まり）逃げてないよ。
B　なぜ最近のアメリカ人は顔や頭を撃ちたがるんでしょう？
H　……技術が進歩したせいじゃないの。
B　それだけ？
H　それだけとも言えない。なんと言うか、人間への絶望的な諦めというか……
B　絶望的な諦めから、顔や頭を撃つと。

H　その人間の存在を根本から消し去りたいってことかな。

B　誰が？

H　誰が？

B　誰が人間の存在を根本から消し去りたいと思ってるんですか？　監督がですか？

H　ゾンビを退治する人間。つまり、観客だよ。

B　それほどまでに現代人は人間に絶望していると。

H　ゾンビという存在と、それを殺す人間両方に共感を抱くんじゃないのかね。

B　ゾンビに共感？

H　（いつの間にか乗せられたようで）死者への憧れだよ。現代人は誰でも死の欲求を抱えている。

B　よくわかりません。

H　君、そもそもゾンビに興味ないだろ？

B　ジム・ジャームッシュのゾンビ映画もよくわからなかった。みんな、行き詰まるとゾンビをやりたがるようで。

H　……。

B　監督も、このあいだのは高校生の純愛もので、ゾンビとは真逆ですよね。あの失敗を踏まえてということですか？

H　失敗だとは思わないね。

B　（ひとりごとのように）監督ってやっぱりマンガ原作モノは向いてない。

H　……。（Bをにらんでいる）

B　どうしました？

H　妖精でも撮ってろよ。

B　映らないんです。

H　下手なんだよ。

B　そうかも知れません。なぜこの森をロケ地に選んだんですか？

H　イメージにぴったりだったからだよ。

B　お兄さんの施設があることは知っていたんですか？

H　アニキだってこと知ってるのか。

B　もうみんな知ってますよお。監督は信者というわけではない？

H　え？

B　信者なんですか？

H　馬鹿か、あんた。

B　馬鹿でーす。

H　いや、今の言葉は申し訳ない。

B　だいじょぶです。言われ慣れてますので。お兄さんのこと聞いていいですか？

H　ずっと音信不通状態でいたから、彼が今何を考えているのかは、わからない。

B　子供の頃はどういうお兄さんでしたか？

H　学業優秀。サッカーに明け暮れてたおれとは真逆だった。物事への集中度がすごくてね。プラモデルにはまると部屋はあっと言う間に何百体ものヒーローたちで埋まった。推理小説にはまった時期もあったし、哲学書を読み耽っていた年もあったな。その調子で勉強にも集中するから、中高一貫して学年トップか二番の成績だった。……こんなこと話して何になるんだ。

B　続けてください。

H　さては目的はこれだったんだな。

B　イヤだったら止めます。

H　……続けよう。でも昔のことしか知らないぞ。

B　けっこうです。何か印象的なエピソードとかは？

H　……小学生低学年の時、川にはまった同級生を助けたことがあったな。

B　（感心して）エライねえ。

H　いや。それが本人もまったく泳げなかったんだ。そのくせ溺れかけてた同級生を救おうと飛び込んだ。結局通りがかりの大人がふたりを助けた。それがあってから水泳に

B　のめりこんで、翌年には県の大会の代表にまでなった。
H　(喜んで) いいねえ。
B　あ?
H　いいインタビューいただきました。(カメラを下ろす)
B　君はどうしてここを撮ろうと思ったんだ?
H　逆質問?
B　こっちがこれだけ話したんだ。答えろよ。
H　新興宗教団体に興味があるからです。
B　どういう興味?
H　カルトは自分の人生に深く影響しているからです。
B　ほう。
H　父親が地下鉄サリン事件で亡くなってるんです。
B　ああ。
H　今の「ああ」はどういう意味?
B　なーる。
H　無理に深刻に受け止めたような顔をしてくれなくてもけっこうですから。
B　だから、なーる。

B　なんだよ、その「なーる」ってのは。

H　ここの人々も、あの連中と同じことをしかねないと告発したい？

B　先入観はドキュメンタリーの敵です。

H　配給の当てはあるの？

B　テレビ放映です。

H　それなら、物語を見つけて結論を見出さないとな。

B　まとめようとは思ってません。

H　テレビなら無理だね。

B　無理じゃない。

H　まあ、がんばれよ。

B　がんばるよ。

H　タイム・アップ。もうこのくらいで勘弁してくれ。

B　つきあっていただいて、ありがとうございます。

H　（移動し）キャメラ。アクション。

10

Gがいる。うっすらゾンビめいているが、完全なゾンビではない。ゾンビメイクのFが肉が盛られた皿を持って来て、Gの前に置く。

F　あおえいあ。（めしあがれ。）

G　（肉皿を見つめ）ママ、ごめんなさい。ぼく、たべられないよ。

F　ごにゃらくくくんでまんよ。（食べないと力が出ないよ。）

G　野菜が食べたいよ。

F　おえーっ。（暴れる）

F、肉を取り上げ、Gの口に押し込もうとする。

G　やめて、ママ、やめて。（逃げて離れ）食べられないんだ、ぼくは食べられないんだ。

F　（Gをにらみつけ）うぐぐーっ。

ゾンビメイクをしたEが来る。

E　えいあうな？（どしたんだ？）

F　こにゃらくちゃちゃんこ。（こいつ食べないんだ。）

E　させくしん。こうぺーぺーぽい。（仕方ない。ほおっときなさい。）

F　ても……。

E　（Gに）かなえのたこおられそーそーれれ。（人間にゾンビについて語ってくれ。）

G　人間とゾンビの掛橋になれってこと？　ぼくにできるかな。

E　てにおはがなからせ。（おまえにならできる。）

F　ごんごらーぞーきんのらな。（そんなことより食べなさい。）

G　食べられない。

F　きんのなら。（食べなさい。）

E　にんにきかなえら。のにこんこならせ。（こいつは人間だ。無理強いはやめろ。）

F　（怒り）がーがーがー。

E　（怒り返し）おーおーおー。

F　（怒り返し）じーじーじー。

E　（怒り返し）ばーばーばー。

F と E、つかみ合いのけんかを始める。

G　やめろよ。食べるよ、食べればいいんだろ。（と肉を口に押し込むが）おえーっ。

F　（恐ろしいダミ声で絞り出すかのように）コウヤッテタベルンダヨ。

と言って F は E の肩に咬みつくが、

F　おえーっ。

お返しとばかりに今度は E が F の肩に咬みつくが、

E　おえーっ。（恐ろしいダミ声で絞り出すかのように）ヤッパリシニンノニクハマズイ。

G　ふたりともしゃべれるじゃん。

不味い食事をしたせいで、ふたりの食欲に火がついたのか、急に目をぎらぎらさせて、F と E、G のほうに振り返る。

G　え。

　　FとE。じりじりとGに迫る。

G　まさか。

　　E、Gを羽交い締めにする。FがGに咬みつこうとすると、空に花火が上がる。FとEは空を見上げ、何かに魅入られたように花火の方向に向かって去る。

G　ふーっ。（と座り）打ち上げ花火はゾンビの気を逸らすことができる。比較的新しいゾンビ狩りのルールだ。でもぼくは花火には無関心だ。人間の肉も欲しいとは思わない。ママの噛み方は浅かった。ぼくの将来を思ってくれてのことなんだろう。ママのおかげで、ぼくは完全なゾンビじゃない。
でも、半分ゾンビであるのは確かだ。ゾンビになるとゾンビの考えてることがよくわかる。人間さえ現れなければ、ただの散歩好きな人たちなんだ。なんの欲もなく、ただただ歩いてる。それだけで満足できてるんだ。人間がうろうろしだすと、食欲が目覚めて、ざわついてしまう。人間がいなければ、静かな湖のような心を持った人たちなんだ。

人間はゾンビを邪険に扱うけれど、ゾンビってのは死を体現させた高貴なるものなんだ。なぜって誰もがいずれ死ぬのだから。

ゾンビとして蘇る前に、ぼくは死ぬということを体験した。その世界は無重力状態で、見たことのない深い闇に時々あちこちに光が点滅していた。人間が宇宙に行きたいのは、死の疑似体験をしたいという無意識の欲求なんだとわかった。

ゾンビに生前の記憶があるか、だって？　うっすらあるみたいだけど、ゾンビによりけりだな。感情も同じ。ある人にはある。いい例がママとパパだ。ふたりはぼくが息子だと認識できている。

ゾンビになってぼくは何か変わったのだろうか？　人間の肉を欲しいと思わないゾンビだから何の欲望もないということだ。でも人間の時から、ぼくは欲望というものを持ったことがないから、別に自分が変わったとは思えない。だから、ずっとこのままでいいんだけど、多様性を重視するという社会は、人間とゾンビのハーフを受け入れてくれるだろうか？

数発の銃声がする。ショットガンを携えたFが出て来る。ここでは女医役。片腕を咬まれている。

G　先生！
F　びっくり？　私、食べられてないよ。でも、ちくしょう。たった今ママに咬まれたよ。
G　ママに?!
F　話しかけてくるから油断してしまった。
G　ママをやったの？
F　ええ。ショック？
G　いや。なんだか縛りがなくなって自由になった気がする。
F　そう。パパは取り逃がしたよ。ママを置いてすたこら逃げ去った。君はすぐにこの森を出て。
G　だめだよ。ぼくは半分ゾンビなんだから。
F　君の体を研究してゾンビ・ワクチンが開発できるんだから。
G　でも……。
F　ここで一生ゾンビとして生きるつもり？　さあ。

Fはショットガンを Gに差し出す。

G　え。
F　持って！

Gはショットガンを手に取る。

F　私の頭を撃ち抜いて。
G　ぼくには無理なんだよ。
F　やれ！

Eが出て、襲って来る。瞬間、GはEの頭部を撃つ。Eは倒れる。

F　君、できたじゃない。
G　え。
F　撃ったじゃない。
G　あ。
F　解放されたんだよ、君。

G　うん。
F　よかったね。
G　うん。
F　次は私だよ。ゾンビになる前に……（と異変）ほらほら、もう来てしまったようよ。
G　（苦しむ）うぐぐぐぐーっ。おえおえおえ。ゲロゲロゲロゲロー！（Gに）撃って、
F　さあ、撃って！　早く撃って！……ウゴゴゴーッ！

G、ついに撃つが、瞬間Fが突っ伏したため、弾が逸れた模様。

F　……。（突っ伏して静かになっている）
G　先生、どうしましたか？　当たりました？　外れました？
F　（顔を上げる）あれ？
G　どうしました？
F　ゾンビになった感じがするけど、あたしゾンビ？
G　お変わりありません！
F　人間の感覚もしっかり残ってる。
G　ぼくと同じだ。そうか、ママの咬みつきが浅いのは誰に対してもなんだ。

F　（空を見上げ）これは何？　なんだか前と違う。今目の前に広がってる世界は何？
G　生と死が混ざり合った世界だよ。先生、あなたは今半分死んでるんだ。
F　どういうこと？
G　半分ゾンビで半分人間なんだ。
F　ああ。なんだか生まれ変わった気分。いいね、半分死んでるって。
G　ゾンビが襲って来るよ。半分人間だから。
F　やっつけましょう。
G　人間も襲って来るよ。半分ゾンビだから。
F　やっつけましょう。
G　え。
F　こうなると、森を出るのは不可能かもね。ゾンビ狩りの人間も押し寄せてるはずだから。頭がすっきり整理された。最初から私にとって、人間もゾンビも大差なかったんだ。私の家族を殺したのは人間だったんだから。私は主に人間をやっつけるから、君はゾンビね。
G　どいつもこいつも敵ってことじゃないか。無理だよ。
F　ぼおっとしててもやられるだけだよ。
G　ぼくはぼおっとしてたい！

F　この先ぼおっとしていられるために戦うんだよ。

G　説得力あります！

F　世界がゾンビのものになるか、人間が生き残れるかだよ。どうする？　どっちに加担する？　私は個人的な復讐のために人間を殺す。でも、この地球がゾンビの世界になるのは望まない。だから、君はゾンビを殺して。

G　切りがないよ。

F　永遠のゾンビ殺しを断ち切る方法を見つけるの。君ならできる。

G　でも……。

F　私の目をごらん。

G　……濁ってます。

F　生き残るのはもうたくさん。私は今から地球上で最も愚かな存在、絶滅すべき生物・人間の皆殺しに参ります。あなたは、ゾンビの群れをかきわけて、森の奥へ行くの。

伝説によれば……

G　伝説があるんだ。

F　森の奥にゾンビの長がいて、そいつを倒せばゾンビは絶滅する。わかった？　森の奥！

G　わからないけど、わかったよ。

Hの声　カット。

E、起き上がる。Hが来る。

H　OKです。みなさん、よかったです。
G　……おえーっ。
F　あらあらあら。
H　どした？
G　おえーっ。
H　だいじょぶか？

Iが来る。

I　具合悪いの？
G　……別に。
H　次のシーン出来る？
I　だいじょぶです。なんとしてでもやらせますから。

H　殺戮シーンだけど、やれる?

G　だいじょぶです。

H　無理はしないでいいから。準備できるまで休んでて。(去る)

I　考えながらやってるから、頭と胃が混乱するのよ。私も経験あるからわかるのよ。もう一回シナリオの台詞に戻りなさい。

G　……。

E　(Gにつかつかと寄って) 森に入って酸素をいっぱい取り込むといいですよ。

G　(顔を上げる)

E　一緒に森に行きましょうか?

F　ほっといてあげなさいよ。

E　……。(すたすたと去る)

F　あの人、ここの信者よ。

I　え?

F　在家信者っていうらしいけど。知らない?　この奥にね、宗教施設があるらしいの。

I　宗教施設?

F　カルトよ。何度か誘われたわ。あなたも気をつけて。

I　(Gに) だって。あの人と話すの、やめときなさい。

F　次のシーンであがりでしょう。その後飲まない？
I　うーん。
G　街まで出ない？
I　この子の準備があるし……
F　明日はオフ日じゃない。（Gに）ねえ、今日ママ借りていい？
I　構いません。
F　ありがとう。（Iに）ひさしぶりにしゃべろう。お互い納得いかない人生なんだし。
I　あっそう。
F　悪いけど、私はそこそこ幸せなんですけど。
F　息子を置いて飲みにはいけないわ。
I　あっそう。旦那さんはどしてんの？
I　外資に勤めてるの。
F　いいねえ。今は旦那さんお留守番か。
I　まあね。
G　パパは今うちにはいません。
F　ちょっと……
I　あれ、いないんだあ。

G　出て行ってしまいました。
F　そうなんだあ。大変だねえ。
I　あの、私、もうお酒飲むのはやめてるから。
F　そっ。それじゃ今度お茶でも。
I　時間があったらね。
F　そっ。じゃまたね。ごめんね。（去る）
I　（Gに）余計なこと言わないの。

G、すっと立つ。

I　どこ行くの？
G　集中したいからひとりにして。（歩きだす）
I　森に行っちゃだめよ。

G、去る。

I　ゾンビ女、ドタマかちわったろうか。

Aが来る。A、Iに気づいて微笑み、会釈する。Iも返す。

I　今休憩中です。
A　そうですか。
I　スタッフの方ですか？
A　山菜採りです。そうか。ここで撮ってるんだ。女優さんですね？
I　ええ。まあ。（満更でもない）
A　大変なご職業ですよね。
I　ええ。
A　（去ろうとして止まり、振り返り）少しいいですか？
I　は？
A　失礼ですけど、よくない空気が漂っています。とてもよくない。
I　え。
A　いや、余計なお世話でした。
I　（Aが去ろうとするのを）どういう空気ですか？
A　人間、思った通りいかないのは当たり前です。あまり思い悩まないことです。と他人はよくいうわけですが、思い悩むなと言われても思い悩むのが人間ですから、仕方ないと思ってこの際悩みに悩んで、悩みが通り過ぎるのをゆっくり待ちましょう。

I　はあ。

A　無理に何かしようと決心などしてはいけない。待つんです。

I　通り過ぎますか?

A　通り過ぎます。台風と同じです。じたばた焦ってはいけないんですよ。

I　……。

A　「ヒトは言いました。わたしは痛みのまわりを歩きに歩いている。抜けだすことはできません。痛みのなかには、闇も勝利も、すべてがあって、わたしは痛みとは人と人をつなぐ橋、隠れたつながりであると信じるときもありますが、絶望にかられて思うときもあるのです、痛みとは深い溝なのだと。」

I　あの、どなたですか?

A　ここのものです。

I　ここの……。

A　森の奥で生活しています。よろしかったら……

I　失礼します。(去る)

A、見送る。GとHが来る。

H　下界に降りて来たのか。

A　そういう口をたたくのではありません。

H　紹介しておこう。主演のG君だ。

A　はじめまして。

G　はじめまして。この方（A）が長をやられるんですか？

A　え。

H　いやいや、この人は俳優じゃないよ。

G　すいません。ぼくはてっきりこの方がゾンビの長をやるんだと。

H　ハハハハハハハハ。

A　……。（去る）

G　ぼく、何か失礼なことを言ってしまいましたか？

H　気にしないでいい。殺戮シーンがしんどいようだったら、君のシーンはカットするよ。

G　カット出来るんですか？

H　どうにでもなる。結末もまだ決めてないからね。

G　でも、やっぱりぼくが殺戮しなければ意味がないでしょう。今日は無理ですが、明日以

H　後ならやれます。
G　やれる？
H　実は殺戮シーンはずっと楽しみにしてたんです。
G　それを聞いて安心した。
H　家族を失って喪失感と爽快感がごちゃまぜになっています。頭が変ですかね、ぼく。
G　たぶん変なんだろうな。
H　変なことは全部映画のなかで昇華させればいい。
G　昇華できるのかな。
H　……。

11

夜。Dがぼんやりといる。目の前にページが開かれた『ヒト言行録』がある。Eが来る。

E　舟が着きました。
D　……。
E　舟が出ました。

D　は。

E　鳥が鳴きました。

D　はあ。

E　星が出ました。

D　そうですか。(会釈する)

E　新入りさんでいらっしゃいますね?

D　ええ。

E　Eといいます。以後お見知りおきを。

D　Dです。

E　ご自分からいらしたのですか?

D　いや、Cさんから。

E　やっぱり。あの人やり手ですからね。前はテレビのアナウンサーやってたらしいです。

D　そうですか。

E　読んでますね。

D　……。

E　読んでました?(と言いつつ本を取り上げ、開かれたページを読む)

「ヒトは言いました。過去の時間の少ない若者はうらやましい。その分、苦しみが少ないから。過去の経験の少ない若者はあわれだ。その分、苦しみが多いから。」

D　（顔を上げて）本当にそう思いますか？

E　わかりませんが、わかります。

D　どこがわかりますか？

E　年配になるにつれて昔のことを思い出して、つらくなることがあります。当時はなんとも思わなかったはずなのに、今になってなぜか思い出してつらくなる。

D　なるほど。そういうことが書いてあるんだ。よくわかりますねえ。

E　私の解釈ですけど。

D　立派なもんです。先生になってください。

E　え。

D　告白しますが、よくわからないんです。でも、わかんなくていいんだって言われてここにいるのです。

E　私だって、よくわかりません。

D　それがいいっていうのです、ここの先生。先生ってのは、上の先生。先生（Dを指し）の先生。不信仰の者が一番信仰に近いと言われるんです。疑ってるからいいと。疑ってるってことは考えてることだからと。

E　……わかってきたような気がする。

E　そうですか。私はよくわからないのです。根が真面目過ぎる人間だからだと思うのです。でもここにいるのは……なぜ初対面の人に私は告白しているのでしょうか。きっとあなたとは前世で会っているんでしょう。

D　……。

E　次はもっとまともな人間として生まれたいものです。真面目とまともとは違いますからね。わかりますか？

D　は？

E　真面目とまともの違いです。

D　んー。真面目な犯罪者ってのはいるけど、まともな犯罪者ってのはいないってことじゃないですかね。

E　素晴らしい。やっとすっきりした。ありがとうございます、先生。

D　やめてください。

E　やめません。

D　しょうもない人間ですから。

E　だからいいのです。立派な人間が先生になっても意味はありません。今夜はすがすがしい夜です。

Bが来る。

B　Eさん、インタビュー今いいですか？（と言いつつ、すでにカメラをBに向けている）

E　私は約束を守る男です。

B　Eさんは在家信者ということでいいんですね？

E　はい。入信して三年になります。今回本山で撮影の仕事が出来ることに幸せを感じています。

B　入信の動機は？

E　酒を飲まずにいられます。

B　お酒がお好きですか？

E　好きという一言では語り尽くせません。

B　入信のきっかけは？

E　ですから酒です。ただ好きだったのが、仕事のない日に昼間から飲むようになったのです。医者が言うにはソーシツカンが原因だそうです。

B　何かあったんですか？

E　わかりません。自分が何をソーシツしたのか不明です。ただ酒を口にしないとソーシツカンが理解できます。酒をソーシツさせているのです。入院して酒抜いて退院して

B　飲みます。その繰り返しです。それが入信してからというもの一嘗めもしていません。

E　修行みたいなものはあるんですか？

B　修行は酒無しで生きていくことです。

E　寄付みたいなものはない？

B　寄付をあげるほど持ってません。

E　ここの神は誰なんですか？

B　神はいないということから始まっているのが、無教です。

E　その教義が詭弁のようにも聞こえるんですが。

B　そうですか。難しいことはわかりません。

E　入信していることで俳優業に支障はありませんか？

B　ありません。

E　カルトという言葉に対しては何かありますか？

B　……。

E　世間には新興宗教にアレルギーがあって……

Cが来る。

C　（誰に向けてということでもなく）答えたくないことは無理に答えなくていいんですよ。

B　無理強いはしていません。事実を撮ります。

C　事実ですか？

B　不都合があるんですか？

C　事実が撮れるんですか？

B　ドキュメンタリーです。

C　事実って何ですか？

B　日常の時間です。

C　日常の時間は今もこうして流れています。この時間の流れを本当に撮ることができるんですか？　ドキュメンタリーの事実は真実なんですか？

B　真実がわからないから、事実を提出するんです。

C　でも、事実の切り取りによって真実が作り上げられます。編集によっていくらでも監督の世界観を主張できます。日々流されるニュースがいい例です。ディレクターの編集、切り取りで事実が選択されます。客観性などまやかしです。

B　私を信用してください。無教の教義を追求しようとは考えていません。はっきり言ってそんなことに興味はないんです。この時代に宗教を必要とする人たちを撮りたいんです。

C　だそうです。（Eに）嫌ならきっぱり拒否してください。
E　私はかまいません。しかし私のインタビューを撮ってもつまらないと思います。
B　自分を面白いと思っている人に面白い人はいません。あなたにもインタビューさせてください。
C　えっ。わたし？
B　はい。是非とも。
C　なぜですか？
B　面白いからです。
C　私のどこが面白いんです？
B　面白いです。
C　私、面白くありません。

Hが来る。

H　こんばんわ。
E　お疲れさまでした。
H　お疲れさまでした。（Bに手を上げ）やってるな。

B　（手を振ってこたえ）やってるよお。
H　元気じゃん。
B　それだけが取り柄です。

C、去る。

B　すいません。たてこんでるもんで。（Cを追って去る）
E　（Dに）こちらは監督です。
D　はあ。
H　エキストラを募集してるんです。よろしかったら是非参加してください。
E　先生、あなたは是非出演するといいと思いますよ。
H　（Dに）いかがですか？　映画。
D　どういう映画なんですか？
H　ゾンビ映画です。
D　おれ、ゾンビ？
H　はい。
E　やりましょう、先生。

D　いや、顔が出ると困るんです。

E　ゾンビなら顔はわかりません。

D　そうかあ。

E　その上すぐに撃たれて顔が吹っ飛ぶのにしてもらいましょう。いいですか、監督。

D　……ぶっ飛ばされたいなあ。頭。

H　へー。ぶっ飛ばされたいですか。

D　日々ぐちゃぐちゃろくでもないことを考えてる頭なんざ、一思いにぶっ飛ばされたいです。

H　いいですね。では早速、明日の朝、トレーラーまで来てください。

E　私がお連れします。よかったですね、先生。

D　……。

Aが来る。Eは祈りのポーズをしてお辞儀をする。

A　集会ですか？

H　勧誘です。

A　おちょくってるのですか？

H　本当に勧誘だって。
D　映画に誘われました。
A　ああ。そういうことでしたか。
E　先生、夜の散策瞑想ですか？
A　はい。（Dに）顔色が悪いですね。
D　顔色が悪いのはいつものことですが、正直わからなくなってきました。
A　何がわかりませんか？
D　働くことはストレスです。しかし、誰もが働くのを止めたとすると、経済が低下して社会が停滞する。社会のストレスが個人に影響を及ぼす。だからやっぱり誰かが我慢して働かなければならないということなのではないだろうか？

A　労働に詩が必要だということです。
D　楽しくなければならないということですか？
A　そうとも言えます。
D　楽しい仕事なんてあるわけがない。楽しくないから仕事なんだ。
A　外へ出ましょう。堂々巡りを一度断ち切りましょう。
H　ついていっていいかな？
A　どうぞ。

Hはスキットルを取り出し、飲む。

E　……。（立ち止まり、Hのスキットルに気づいて、じっと見ている）

H　（Eの視線に気づいて）やるかい？

E　（無視して歩く）

四人は去る。BとCが来る。

B　なぜですか？

C　信用してないからです。

B　私をですか？

C　あなたを含めて、外部の人間を一様に信用していません。

B　というか、人間全般を信用していないんじゃないですか？

C　はっきり言いますね。

B　あなたに興味があるんです。

C　人間は愚かです。この地上で人間ほど愚かな生き物はいません。

B　わかってます。

C　（Dが置いていった本を取り上げ、ページを見つけ）「ヒトは言いました。つまり、焼き殺したり、斬り殺したり、女子供に暴行したり、捕虜の耳を塀に釘で打ちつけて、朝までそのまま放っておき、朝になってから縛り首にしたりするなど、とうてい想像もできぬくらいだよ。実際、ときによると『野獣のような』人間の残虐なんて表現することがあるけど、野獣にとってこれはひどく不公平で、侮辱的な言葉だな。野獣は決して人間みたいに残虐になれないし、人間ほど巧妙に、芸術的に残酷なことはできないからね。虎なんざ、せいぜい噛みついて、引き裂くくらいが精一杯だ。人間の耳を一晩じゅう釘で打ちつけておくなんてことは、虎には、かりにそれができるとしても、考えつきやしないさ。」（さらにページをめくり）「ヒトは言いました。動物を愛するがよい。神は彼らに思考の初歩と穏やかな喜びとを与えているからである。動物を怒らせ、苦しめ、喜びを奪って、神の御心に背いてはならない。人間よ、動物に威張り散らしてはいけない。動物は罪を知らぬが、人間は偉大な資質を持ちながら、その出現によって大地を腐敗させ、腐った足跡を残している。悲しいことにわれわれのほとんどすべてがそうなのだ！」（本から顔を上げ、Cに）わかりますか？

B　……。

C　（覚えているらしく、そらで）
「人間が起こした山火事に逃げ惑い、鳴き、傷つき、死んでいった動物たちの姿を、人間は終生忘れてはいけない！」

B　なるほど。

C　私は人間の死には耐えられるが、動物の死には耐えられない。動物が死んだ時のほうが悲しい。そういう人間なんです。

B　今のを全部インタビューで言ってくれませんか？

C　お断りします。映像にされた途端、事実は事実でなくなります。（去る）

B　……。（空を見上げ）負けないからね。見ててね。おとうさん。（去る）

A、D、E、Hが来る。そこは森のなか。

A　産業革命以後、人間は進歩と発展に洗脳されて生きて来ました。生きていくための便利さを追求して技術、テクノロジーを進化させて、幸せというゴールを仮想した。その幸せとは何ですか？
日々の労働が快楽だという人間は滅多にいない。労働という忍耐によって、人間は幸せを得られる。それは安らげる家庭であったり、嗜好品を味わうことかも知れない。

それはその人にとって幸せかも知れないが、労働の忍耐の比重と比べると、あまりに小さすぎやしませんか。ささやかな幸せは人間の生きる希望ですが、「ささやかな」という言い方に人はだまされています。それは小さすぎる幸せです。人間の根源的な幸せが何であるのかが、周到に回避されています。

人間は、労働という忍耐を人生の大部分に課さずとも、幸せを獲得できるはずだ。

D　社会では働かなくては生きていけません。

A　この森では、生きられます。

D　みんながみんな、私のようになっては社会は破綻して人間は滅びるでしょう。

A　滅びません。進歩と発展という洗脳が、社会を持続させます。富を得た人間は、富によって幸せにはならない。富を得てから初めてそのことに気がつきますが、いったんミリオネアになった人間に後戻りはできない。富を保存し、さらに増大させることで幸せのゴールを繰り上げ続ける。死ぬまで洗脳から解放されることはない。

D　でも、苦悩するミリオネアの働きによって私のような者が生きていられるのではないか？

A　ミリオネアがどう社会に貢献しているとしても、ここでは無関係です。全世界がこの森のようになると願っているわけではありません。そうなるわけがない。富を幸せと信じる人に、それは間違っていると私は言いません。ぎらぎらと汗水垂らして富を追求する人を否定はしません。否定はしないから、この森とこの森に集って来る人間を、社会は否定しないで欲しい。洗脳から解けた人間、あらかじめ洗脳されていない人間の邪魔をしないで欲しい。そうした人間たちの存在を認めて欲しい。社会に望むのはそれだけです。

H　なるほどね。（スキットルからぐいと飲む）

E　感動しています。

A　木を抱き締めてみましょう。

Aはそう言って近くの木を抱く。DとEもそれぞれ近場の木を抱き締める。

A　幹に耳をつけてみてください。木の声を聞くのです。森の土から生まれ、空まで育ち、地球の地声を聞き、宇宙と交信してきた木の言葉を感受するのです。

H　（飲み）うまい。

A　（木から離れ）どういう意味だ？

H　ウイスキーが、うまい。

A　馬鹿にしていますね。

H　していませんが、帰れと言うなら帰ります。

A　言いません。すべてを受け入れます。なにびとも拒否しません。
E　（つぶやくように）……アードベック10年。
H　香りでわかるんだ。通だね。
E　（木から離れ）心に何かが響くと……。（ふらふらとHに近づき）心を動かされると……。
H　（スキットルを差し出し）やるかい？
E　……。（誘惑と闘っている）
H　（飲み）オレは言いました。人間に必要なのは酒と映画だ。宗教はいらない。
A　（つかつかとHに近づき）何もかも疑うことが賢いことだと勘違いしている。
H　それをおれは昔のあんたから学んだんだけどな。
A　（Hだけに聞かせるように）おれはとっくにインテリのシニスムなんざ、捨てたんだ。
（Eに）あなたは飲んではいけません。（Hからスキットルを奪い、途中むせながらも、一気に飲む）
E　先生……。

A、飲み干したらしく、スキットルをHに返し、歩くが真っすぐに行けない。

H　おい。大丈夫じゃないいな。

A、地面に突っ伏す。

E　先生！　申し訳ありません！（土下座する）

H　（Aに近づき）おい。（D、Eに）手を貸せ。

DとEはHの言葉に従うが、

A　（突っ伏したまま）触るな。……触らないでください。（立ち上がる）大丈夫です。（ふらふらしている）ドッカーンだよ、ドッカーン。（Hに向かって）ドッカーンだよ。

H　（微笑みつつ）ドッカーン？

A　（Hに）おまえ、ドッカーンだよ、ドッカーン。（つぶやきつつ、木の隣に立つ）こうして木と共に呼吸すると、足が土に埋まる。やってください。足が土に埋められる。（呆然としているDとEを見て）やれよ！

DとEは慌ててそれぞれの木の隣に立つ。

Ａ　足から根が生えて、土と同化する。感じてください。感じるでしょう。からっぽの血管に樹液が流れる。樹液が輸血される。ドッカーン。ドッカーン。ドッカーン……。
大地の生命を感じる。

地球の鼓動が響いてくる。

木々が生きてきた時間を体感する。

私たちは酸素と動物と植物と鳥と虫と、さらに微小な生命と生きてきた。

太古の時を感受せよ。

その時の息吹、土に埋められた人間の魂を想え。

ほら、樹液が体中に行き渡った。（両腕を広げ、横に伸ばす）自我が消える。苦悩が消える。（ＤとＥもＡと同じポーズを取って忘我に入りつつある）木になって生きていく。

地球と宇宙は木になった私たちを迎え入れる。見えないもの、名づけられないものと同化する。
Ｈ　！

Ａから何やらプラズマのようなものが漂い始めている。Ｃが来て、光景を見て祈りのポーズをとる。

Ｈ　大掛かりなマジック。
Ｃ　お調べになってください。

Ａが発するプラズマのようなものは、さらに強くなる。

Ｃ　納得いくまでお調べになってください。
Ｈ　……。（呆然と目前の光景を見ている）

12

Ｉがスマホをいじっている。うっすらとゾンビメイクを施したＦが背後に立つ。

Ｉ　（Ｆに気づき）だーっ、びっくりしたあ。
Ｆ　あなたがあたしのこと本当はどう思ってるか、わかってるつもりよ。
Ｉ　は。
Ｆ　あたしのこと嫌いでしょ？
Ｉ　……。

F　でも、そう思われてることをわかっていながら、あたしはあなたのことが気に掛かってしょうがないの。どうすればいいんだろ。

I　勝手にすれば。

F　やっぱり。

I　は。

F　嫌いだってことは否定しないのね。

I　（立ち上がり）息子のことよろしくお願いします。（お辞儀をする）

F　愛してるのね。

I　当たり前です。

F　いずれ裏切られるわよ。

I　知ったふうなことを言わないでいただきたいわ。

F　裏切られ続けの人生だしね、あたしたち。

I　（カチンとくる）

F　ひどい目ばかりにあってきたよね、あたしたち。

I　あたしたち？

F　ゾンビ役と聞いて「えっ」って思ったけど、やってよかった。ゾンビって死体なのよ。死んでんのよ。

I　わかってます。

F　一度死んでみるとね、生きてた時の悩みがなんだったんだって思う。やっていくうちにね、ゾンビが新しい人間の生き方だってことがよくわかってきた。この森のせいかも知れないけど。

I　森？

F　あなたもゾンビ、やってみるといい。

I　どういう意味？

F　ゾンビ役が足らないっていうから、出てみたらいい。

I　何言ってんの。

F　演じることにまだ未練があるでしょ？

I　余計なお世話……（Fが腕に咬みついている）イタッ。なにやってんだ、てめえ。（まだ咬みつかれている）離せよ、離せよ！

F　（離れて）もうお仲間よ。

I　役に入り過ぎてる！

F　これでだいじょぶ。あなた、よくない空気が漂ってるから。

I　え。

F　とてもよくない空気。

Ｉ　あなた……

　　武装したＧが来る。

Ｇ　ママ、撮影が始まるよ。
Ｉ　がんばってね。

　　Ｉ、去る。ＧはＦに自動小銃を渡す。

Ｈの声　キャメラ。アクション。
Ｆ　準備はいい？
Ｇ　うん。
Ｆ　覚悟ができた？
Ｇ　うん。
Ｆ　私は森を走り抜ける。君は森の奥に突進する。
Ｇ　うん。
Ｆ　君が生き延びるのを祈ってるよ。

G　先生も生き延びてよ。

F　私は……（どこかから銃が撃たれたようで、それが頭部を掠める）ほら、人間が撃ってきた。ファイトー！

F、自動小銃を撃ちながら走り去る。Gの回りにはゾンビが寄ってきている気配。

G　イッパーツ。

G、自動小銃を撃つ。時折襲われる。振り切って撃つ。襲われて自動小銃を落とす。ショットガンを撃つ。ショットガンで撃ち続ける。襲われて、ショットガンを落とす。素手で戦う。時折木片を手にして振り回す。それを落とすと、再び素手で戦う。

Fの叫び声がする。ひとりのゾンビに襲われたFが現れる。

G　先生！

G、Fに襲いかかっているゾンビを引き離そうとして、その顔を見る。それはゾンビメイクをしたDだ。

D　あ。
G　パパ。

Dは走り去る。

G　……。（少しの間、Dを見送り、後を追って去る）
F　（立ち上がり）……。

Hが来る。

H　ん？　どうした？
F　消えました。

Iが来る。ゾンビメイクを施している。

I　監督、あの私、いつ出ればいいんでしょうか？

H　G君が消えました。

I　え？

F　ゾンビを追って行きましたけど。

I　シナリオとは違いますよね。即興？

H、辺りを見回す。

H　いなくなりましたね。

F　（指さし）あっちに行ったみたいですよ。お疲れさまでした。（去る）

H　……。

I　……。

H、I、その方向に向かう。

13

A、C、Eがいる。

E　出家します。
C　出家というシステムはとっていません。おうちを出られてここに棲むという意味ですか？
E　はい。
A　森の住人になられるということですね？
E　はい。最後の地は森にしたいのです。
C　俳優業はどうされるんですか？
E　やめます。
C　今撮っている映画はどうされるんですか？
E　私の出演シーンは撮り終えました。
C　（Aに）どういたしましょう？
E　すべてを捨てて神に仕えます。
A　神が在るものかどうかは、わかりません。
E　では、あなたに仕えます。
A　私は神ではありません。
E　どっちでもいいんです。やはり、こういう態度ではいけませんか？

A　私は神を口にはしません。しかし、あなたを受け入れます。

E　ありがとうございます。これからもアルコールは一切口にしません。

A　飲んだっていいんですよ。

E　え。

A　ストレスを覚えるようだったら、飲んだってかまわないんです。

E　一度口にすると止められなくなります。実を言いますと、持病があります。心臓がよくないんです。長くは生きないでしょう。ですから死ぬまで飲むことになります。ゆっくりとした自殺です。それを受け入れていただけるなら、飲みます。

A　それはいけませんね。自殺というのは、自分を殺す殺人ですからね。あちら側の人間になります。

E　あちら側ですか。

A　人の命を断ち切った人間はあちら側の人間になります。あちら側にいった人間はこちら側に戻って来るのに一苦労です。永遠にこちら側に戻って来られない人間もいる。だから、わざわざあちら側に行くことはない。

E　あちら側とは、死後の世界ということですか?

A　違います。人の命を奪ったことのある人間が、生きなければならない世界です。

E　自殺した者に、生きなければならない世界があるんですか?

A　ありますꓸ多くの人間の心のなかで生き続けます。自殺者はそうやって人の心のなかで苦しみ続けます。あちら側に期待してはいけません。こちら側に耐えられないならば、生きたまま死ぬのです。

E　先生、あなたは生きてるんですか、死んでるんですか？

A　私はあちら側とこちら側を行き来せざるを得なくなった人間です。

E、Aに対して祈りのポーズをとる。Dが走って来る。

C　はっ、ゾンビ！

D　メイクです。（Eに）これ、どうやって落とすんですか？

E　メイク係の方に聞いたほうが早いですよ。

A　出演されてるんですね。

D　はい。でもやっぱり無理でした。逃げて来ました。

E　出家なさい。

D　ちょっと当分どこかに隠れていたいんですが。

C　どうして？

D　追って来たら困るんで。

E　ですから、出家なさい。

D　追って来ます。どこかに……

C　どなたが追って来るんです？

小道具のショットガンを持ったままのGが来る。

D　あ。

G　パパ。

D　あ。

G　なんでここにいるの？

H、Iが来る。

C　（Iを見て）またゾンビ！　こわい。

I　（Gに）なんで逃げたの！

G　……。（ゆっくりDを指さす）

I　え。……あなた、なんて顔してんの！

D　おまえもな。
I
D　なんでここにいるの！
I　なんでって、いたいからいるんだ。
D　どこほっつき歩いてたのよ！　なんにも連絡しないで！
I
D　おれの勝手だろ。
I
D　勝手過ぎよ。
I
D　おれに構わないでくれ。
I
D　構ってません。
I
C　みなさん、冷静になってください。
D　会社、クビになったんだ。
I
D　はあ？
I
D　でもそれで最初から自分は働きたくなかったんだと気がついた。
I
D　はあ？
I
D　会社なんてクソだ。
I
D　はあ？
I
D　言えないでいたんだけど。
I
I　それで、なんで……能無し！（急に冷静を装って周囲に）みなさん、ご迷惑おかけしま

G　した。もうこんなこと金輪際させませんから。（Gに）みなさんに謝りなさい。

I　……。

G　謝りなさい！（しないGに苛立ち）頭を下げろよ！（無理やりにGの頭を下げさせる）監督、本当にすみませんでした。（Gの腕を取り）さあ、再開よ。

　　I、Gを引っ張ろうとするが、Gはそれをふりほどく。

I　なにすんの！

G　……。（じっとIを見る）

I　なになになに、反抗期かっ?!

D　（静かに）こっちに来い、G。

G　……。（Dのほうに振り返る）

D　もう嫌なんだな。そうなんだろ？　パパもそうなんだ。働くのがむなしくなった。再就職なんてごめんだ。それでこの森に来たんだ。こっちに来い。草花を見て、草木の空気を浴びて心の平穏を取り戻そう。

I　心の平穏だと？　てめえ、まさか?!

D　この人（A）がここの長だよ。パパは今この人にお世話になってんだ。やっと生きて

I　いく意味がわかったんだ。

G　洗脳されたな！（Gの腕を再び摑み）逃げよ！

D　（動かない）

　　そうだ。ママの言うことなんか聞くことはない。ママは自分のことしか考えちゃいない。

I　なにぬかす！

D　こっちにおいで。

I　無責任なこと言うなよ！

D　ああ。おれは今まで無責任だったよ。自分のことしか考えなかった。でも、なんかここで生まれ変わったんだ。パパとここで暮らしてみないか。

I　だまされちゃだめよ。こういうのがこの人たちの手口なんだから。

D　だましてないよ。

I　お金むしり取られるだけなんだから。

D　取られる金なんてどこにもないよ。

I　（Gに）パパとは違ってあなたはこれから未来があるんだから。スターになるんだから。

D　それがなんだってんだよ。

I　誰もが憧れる人気者になるんだから。
D　意味があるのかよ。
I　お金持ちになるんだから。
D　それに意味があるのかよってんだ。
I　変な宗教入って一生貧乏ったれになるっていうの。
D　人気と収入が落ちるのに怯えて生きるだけだぞ。
I　そんなことはない。この子は世界の覇者になって生きるの！
D　ハシャ？
I　世界は私たちのものになるの！
D　むなしいぞ。何手に入れたってむなしいぞ。
I　何も手にしてないおまえがエラソーに言うな！（Gの腕を摑み）さっ、行きましょ。
D　（Aを指し）この人がこの世界の覇者だよ。人間のむなしさを受け入れてくれる覇者なんだ。（Gのもう片方の腕を摑み）行くな。
I　おまえにそんな権利はない。
D　おまえにもない。

Gは両腕をIとDに引っ張られている。ふたりのゾンビに引っ張られている格好。

Ｃ　ひーっ、ゾンビがふたりで！
Ａ　おふたりとも、ここではやめてください。どうか家庭裁判所で……
Ｇ　痛い！（両親を力いっぱいふりほどく）

Ｇはショットガンを拾い上げ、Ｄに銃口を向ける。

Ｄ　あ。
Ｇ　永遠にゾンビ殺しを断ち切る方法。

次にＩに向ける。

Ｉ　……どうして？
Ｇ　監督、ここはやっぱりシナリオ通りでいきます。

Ｇは咄嗟にＡに銃口を向け、撃つ。銃声。

一同　！

撮影用の小道具なので現実に発射されたわけではない。

A　（立ち尽くして変わらず）弟よ、これが私への答えか？

H　……。

A　（Hに）答えろよ。

E　きさまー、先生に向かって！

Eが G に突進して倒し、首を締めにかかる。

E　生かしちゃおけねーぞ、このクソガキ。

G　やめろ、ゾンビ！

「ゾンビ！」と繰り返し絶叫しながらEに立ち向かい、ショットガンの銃身でEを打ちのめす。周囲はあまりのことに呆然として手が出せないままでいる。Eはぐったりしている。HがGを止めに入る。

Ｈ　カットだカット、カット！　カット！

その言葉でＧは止める。意識を失っている。Ｉが駆け寄ってＧを抱く。他の者たちはＥに近づき、応急の処置などを施す。

Ｈ　ＡＥＤは？

Ｃ　置いてません。

Ａ　これは、まずいな。

Ｈ　スタッフを呼んでくる。

Ｉ　待ってください。

ＩはＧを横たえ、ゆっくりＥに寄り、確認する。その動きは何かに取り憑かれたかのようにに見える。

Ｉ　手遅れです。

Ｃ　手遅れ？

I　もう息をしていない。知らせないでください。

C　何を言ってるんです！

I　（ゆっくりGのもとに戻り）この子のために行かないでください。この子のために！

（Hを制して）行かないでください。

H　（Aに）どうするよ？

A　……。

H　やっぱりな。宗教ってのは、肝心な時には役に立たない。

A　……。

H　（Aに）困ってるな。おれも困ってる。これはここにいる全員にとって困った事態だってことだよ。撮影は中止だろう。あんたたちもこんなことが世間に知れ渡れば、どうなるかわかりゃしない。

A　なぜ、そんなに冷静なんだ？

H　あんたと同じさ。ここで協力し合えば全員が助かるかも知れないってことだよ。

I　そうしてください。（Aに）お願いです。助けてください。

C　（Iに）やめてください。

I　この子のためです。事故とかなんとか……

H　事故か……。

I　(遺体であるEを指し)いなくなったことにはできないでしょうか?
H　いなくなったことにするという選択肢……。
C　やめてください。
I　助けてください!
C　やめてください!
I　いなくなったことに!
A　いなくなったことに……(微かな異変が起こる)いなくなったことに……(異変。激しい頭痛に見舞われているかのよう)また、私に……
C　横になって。
A　……おれに、やらせようというのか。ここに……埋めろと!
H　!
C　黙って。横になってください!
A　(苦痛をやっと振り払うようにして、呼吸を整えつつ)あり得ないことです。(力を絞り切って言い終えたかのように膝をつく)
C　横になってください。
A　(そのまま)大丈夫です。
D　おれが行って全部話すよ。

I　やめてよ。

D　これをやったのはおれだ。

I　え。

D　（辺りを見回しつつ）いいですか、この人（E）をこうしたのは私です。私が全部やったことです。急ぎましょう。

I　あなた……。

D、走り去る。

H　（Aに近づき）アニキ……。

A　おれを試そうとしたな。

H　……。

C　少し横になってください。

A　（無視して）ひとつの隠蔽はその後、数々の隠蔽を生みだし、最後には取り返しのつかない事態を引き起こす。歴史を繰り返してはならない。

G　（横になったまま）ママ、今の言葉の意味わかる？

I　（驚き）え。

G　ひとつ嘘をつくと、その後いっぱい嘘をつかなきゃならなくなるってことだよ。

I　嘘じゃない。これは嘘じゃないわ。元はと言えば、パパがみんな悪いんだから。（全員に）そういうことにしてください。ここに神がいるというなら、そういうことにしてください。

A　神はいません。

I　いないの?!

A　ここに神はいません。

I　インチキ。

A　……。

H　……。

C　……。

14

H、Bがいる。Bはカメラを構えている。前のシーンから時間が経っている。

B　（カメラを向けつつ）撮影は中止ですか？

H　延期。
B　撮り直しですか?
H　それはない。G君の快復を待つ。
B　かなり精神的にショックだったようですね。
H　まあね。
B　俳優の変更はなしと。
H　彼と作ってきたようなもんだから、いまさら変更はあり得ないな。
B　でも、いい宣伝になりましたね。
H　君のほうこそ事件が起きて、内心しめたと思ったろ。
B　(カメラを下ろし) はい。続き物にします。
H　前編後編の二回に分けてか。
B　はい。それからさらに続けます。撮影が再開したら、それもまた追わせてもらおうと思っています。いいですか?

H　ん? (あいまいに) ……うん。
B　(カメラを構え) 本当は何があったんですか?
H　「本当は」ってなんだよ?
B　別に。

H　報道通り。DさんとEさんがもめちゃったんだ。先に仕掛けたのはEさんだった。Dさんは自分を守ろうとしてああなってしまったと供述されたと。

B　(無視して) あっちも撮るのか?

H　あっち?

B　森だよ。

H　今も撮ってます。

B　どうなってんの?

H　森を出されました。

B　追い出されたのか?

H　すごいバッシングですから。事件があってから信者もだいぶ減ったみたいです。

B　撮影は無理かな。あの森がいいんだけどな。あそこにいると、なんだかあの世にいるような感じがしてよかったんだ。夢とか幻というんじゃなくてね、あの世の現実感というか……。

H

B　洗脳されたんじゃないですか?

H　君も妖精を見たんだろ?

B　見ました。でも、妖精が見えたのは、洗脳ではない。

H　洗脳って悪なのか？　人が純粋に何かを信じることが悪いのか？

B　カルト絡みの過去の事件を忘れてますね。

H　宗教が絡むと、それは洗脳と言われるんだな。でも、（一枚の紙幣を取り出し）この紙っきれに価値があるというのも洗脳なんじゃないか。

B　（カメラを下ろし）だいじょぶですか？

H　だいじょぶじゃない。

B　え。

H　だいじょぶじゃないな、おれは。

B　どうするんですか？

H　映画を撮るさ。

B　（ひとりごとのように）私はあの集団を見届けたいと思ってる。いつかしっぽを出すに決まってる。インチキだってわかったら、私は救われるんだ。

H　……今日はこれぐらいでいいだろう。

B　はい。また連絡させていただきます。

H　（手を上げ）がんばれよ。

B　（手を振ってこたえ）がんばるよ。失礼します。（お辞儀をして去る）

H　（スマホを取り出し、番号を押し、話す）アニキか？　これは本当にアニキの番号か？

その先にAがいる。携帯電話で話す。

A　おれだ。
H　オフクロがもうやばくてね。アニキに会いたいって言ってんだけど、どうする？
A　そうか。
H　来たくなければ、来なくてもいいけど。
A　行くよ。
H　大変なんだろ、今。
A　普通だ。
H　普通、か。
A　いつもと変わらないよ。
H　そうか。じゃあ、待ってるから。

AとHが対する。

A　手を握ったら握り返してきた。

H　そうか。

A　おれのこと、亡くなった自分の兄さんだと思ってる。

H　まあ、いいじゃないの。

A　ああ。

H　（スキットルを取り出し）やる？

A　（受け取り、飲み、Hに戻す）

H　ドッカーンやってくれよ。

A　あ？

H　ドッカーンだよ、ドッカーン。あれで、おれはアニキの考えてることが少しわかった気がしたんだ。

A　ドッカーン？

H　ドッカーン。

A　何を言ってるのか、わからないな。

H　覚えてないんだな。ドッカーン。アニキは詰まるところ世界をドッカーンさせたいんだ。

A　破壊衝動、終末思想のことを言ってるんなら、お門違いだ。

H　そうは言ってない。

A　じゃあ、何だ？

H　撮影を再開させたら、今まで考えて来た結末は変えようと思ってる。人間を勝利させたところで、どうなんだと思ってね。

A　おまえの撮影のせいで、私たちは見事にゾンビ集団にされたな。

H　恨んでるだろ。

A　恨むという感情はない。おまえは私たちのことを何も信じてない。それでいい。私たちは、私たちの宗教を信じろとは言わない。

H　この国で新しい宗教なんて無理だ。

A　新しい宗教というのは、その時代では常にいかがわしいと思われるものさ。

H　誰も宗教なんか必要としてないね。

A　そう思うのは、おまえが今に充足しているからだ。そうじゃない人間のほうが、悶え苦しんでいる人間のほうが、世界にはたくさんいるんだ。

H　おれは充足なんかしてない。

A　わかってる。

H　そうか……わかってるか。

A　……もう連絡はして来なくていい。

H　さみしいこと言うな。

A ゾンビ集団とは無関係でいたほうが、おまえには生きやすいだろう。

H やっぱりアニキだな。

A ん？

H そうやって突き放して、いっつも遠くに行っちまうんだ。宗教者ってのは肉親には冷たいねえ。

A ……。

H ……ひとつ聞きたいことがある。埋めたんだろ？

A ……。

H あの森に人を埋めたんだろ？

A 人を殺めたのかと聞いてるな？

H 最後の質問だ。

A それを聞いてどうする？

H 誰にも言いやしない。

A 答えたくないな。

H 信じろよ。墓場まで持っていくさ。

A 私がそういう過去を持っていたとするなら、私の信仰は贖罪が原点だと解釈されるに違いない。そうした物語から、無教は自由でいなければならない。

H　なにごちょごちょ言ってんだよ。

A　そう。こうやってごちょごちょ言ってるうちは、まだ精進が足らないってことなんだ。

H　やったのか、やってないのか。

A　一言で真実が語られるものか。語られたその一言が真実であるかどうかなど、誰もわからない。

H　まーたごちょごちょ言ってるよ。

A　(微笑み)掘ってみたらいいじゃないか。

H　あ？　森をか。

A　ああ。森を掘り返してみるといい。

H　おちょくりやがって。

A　ひょっこり神が出て来るかも知れない。

H　あ？

A　ヒトではなく神が。

H　いるんじゃないか。神。

A　……森から追い出されて、神が誕生してしまった。……もう今後一切私とは関わらない方がいい。

H　死ぬ気じゃないだろうな。

Ａ　（微笑み）いずれは死ぬんだよ。じゃあな。

Ｈ　……。

Ａは移動する。Ｂが来てカメラを向ける。Ｈは去る。

Ａ　森から出されて放浪の身となっています。
荒れ野が目前に広がっていますが、かつてのように荒れ野を彷徨う時間は、ありません。正確に言うと、街に出てみて、荒れ野で過ごす余裕はないと判断できたのです。

私は荒れ野を体内に取り込みました。

街はかつての姿とは様変わりしています。かつての荒廃ぶりがいっそう進んでいます。

予想した通りです。しかし、私は街を棄てようとは思っていません。

不思議なことに街が森に見えるのです。空に突き刺さるように聳えるビル群は大樹。

びっしりと建て込まれた住居群は草木。夕暮れ時、沈み行く太陽の光線に晒された街は、瞬間森と大差ない姿を見せます。街は街特有の酸素を発しているのです。

そして毎日、深夜、人通りがなくなった鋪道に立ち尽くします。点滅する信号の明かりを眺めつつ、足元のつぶやきを聞くのです。舗装されたコンクリートから這い上がってくる記憶を受け止めるのです。倒れ、息絶え、コンクリートに塗り込められた人々の最期の吐息、最期に見た光景を。

荒廃は限度を超えて進み、すでに神聖さを帯びています。残酷な神聖さ。人間が有史以来初めて目の当たりにする、街を覆う被膜。その色彩が見える人には見えるでしょう。その肌合いが感じられる人には感じられるでしょう。

私は、荒廃の果ての神聖さを信じる人々に手を差し伸べたい。

今、私と少数の私たちは、街を彷徨っています。そうしていると、彷徨うことが定住と同じだと気づかされます。

足元から伝わってくる大地の波動、地球のつぶやきに耳をすましなさい。空気の顔、風の表情を読み取りなさい。死者の声を聞き取りなさい。

私は、もはや、どこにもいない私です。ですから、どこにでもいるのが私です。私と街を彷徨いましょう。

B　……終わりですか？

A　ひとまず今日は終わります。

B　（カメラを下ろし）あなたは誰なんですか？

A　道化です。

B　は？

A　神の道化です。

B　よくわかりません。

A　いつかわかります。

B　神は口にしないんじゃなかったんですか？

A　荒廃した街には神の道化が必要なのです。

その言葉の途中、Bは慌ててカメラを構える。Aは祈りのポーズをとる。

B　（カメラはそのままで）……。

15

G、Ｉがいる。誰かを待っている。やがてDが来る。恐らく拘置所あるいは刑務所から出てきたらしい。

D　（ふたりに気づき）あ。……迎えに……来てくれたんだ。

I　うん。

D　（Gに）元気か？

G　まあまあ。パパは？
D　……そこそこ。
I　おなか空いてる？
D　……うん。
I　何食べたい？
D　ラーメン。ギョーザ。カレーライス。……どこかで食べて帰ろう。
I　うん。

三人、歩きだす。AとCが微笑みながら立っている。三人、立ち止まる。

C　お久しぶりです。
D　あ……あの、ご迷惑をかけました。
I　構わないでください。

Gが何かに引き寄せられるかのように両親から離れ、Aの側に近づく。

I　だめよ。

G　……。（無言でAを見つめる）

遠くから轟音が響いて来る。轟音は大きくなっていく。それは地響きとも取れるし、空からの爆音にも聞こえる。家族はそれに怯える。

A　大丈夫です。神は、います。

幕。

引用図書
『重力と恩寵』シモーヌ・ヴェイユ著　田辺保訳　ちくま学芸文庫
『神を待ちのぞむ』シモーヌ・ヴェーユ著　渡辺秀訳　春秋社
『シモーヌ・ヴェーユ　その劇的生涯』クロード・ダルヴィ著　稲葉延子訳　春秋社
『映画に反対して』ギー・ドゥボール著　木下誠訳　現代思潮社
『カラマーゾフの兄弟』ドストエフスキー著　原卓也訳　新潮社

日本人・宗教・ゾンビ——あとがきに代えて

【聞き手】ジャン・ピエール・オレ

——今回の新作ではゾンビが登場しますが、どういう風の吹き回しなのでしょうか？

川村毅　自己解説はしたくありません。

——したくない？

川村　はい。

——しかし、これまで様々な局面でやっていたではありませんか？

川村　ええ。そしてその度、後になって後悔するのです。私はもともとエンタテイナーなものですから、聞かれるとぺらぺら喋るのです。聞き手を楽しませようとして、相手が望んでいる内容を推察してそれに近づけようと喋るのです。そして、その後、文章になったものを読み直して深く後悔するのです。

——深く後悔ですか？　ウソでしょう。

川村　ええ。深くというのはウソです。しかし、結局自己解説というのは当てにならない、作者が言うことが大正解なのだとゆめゆめ思わないで欲しいと思うのです。私は「退屈でつまらない質問には、退屈でつまらない答えしか返ってこない」とは言いませんが、面倒になって思っていることの真逆を言って聞き手を困惑させ、勝手にカタルシスを味わっているという隠微な喜びに傾くことがあります。作家の解説にはご注意あそばせ。

——では、やめましょうか？

川村　いえ、せっかくですから、続けましょう。

——文句を垂れつつ、かまってはもらいたいということですね？

川村　そういうことになります。

——ありがちなことです。

川村　で、ゾンビですね。まず私にはホラー趣味があります。幼少期に接したハマー・フィルムなどに登場するモンスター達への憧憬とでも言いましょうか。普通の人間という概念・外見とは逸脱した存在への興味から、これまでもフランケンシュタインの怪物、ヴァンパイアなどを劇に登場させてきました。『ラスト・フランケンシュタイン』、『帝国エイズの逆襲』といった劇です。私の劇のフランケンシュタイン博士は自らが創造した人造人間を超人類と名づけ、新たな人類史を模索します。ヴアンパイアは伝染病のメタファーとして街を恐怖に陥れました。トッド・ブラウニングの映画『フリークス』への入れ込みも入り口は恐怖映画というジャンルからの興味でした。それは『フリークス』、『レディ・オルガの人生』といった劇へと発展していくのですが、単に恐怖映画趣味という枠組みから大いに外れて、フリークスと社会の関係を描くことによって扱いが単純ではなくなっています。もはや畸型という存在性を形而上学・美学的に語るのは不可能で、そこには差別、疎外の問題と無縁ではいられません。

――解説しますねえ。

川村　今回のゾンビもそういうところがあります。私はジョージ・A・ロメロの映画を愛する者ですが、『ナイト・オブ・ザ・リビング・デッド』からすでに半世紀経って、様々なゾンビ映画が登場し、私のなかでもゾンビ像が更新されていった結果が、この戯曲のゾンビだということです。一言で言えば、死が存在として歩いているということです。死とは誰もが迎えるものでありながら、誰もそれについて語れる者はいない。死者は語らないからです。ゾンビとは、普遍でありながら謎である死の恐怖をデフォルメし、ある意味緩和させる存在なのではないか。ゾンビというのは滑稽でユーモラスですからね。死の恐怖から尊厳までをも無効にしてしまうのがゾンビです。

ですから、ゾンビ好きというのは、ゾンビによって死にまつわる不安から救われているのではないかと。

――それで宗教が出てくるということですか？

川村　整合性を持って考えたわけではありません。ゾンビ演劇をやりたいと考えましたが、ジャームッシュまでが、さしてひねりのない普通のゾンビ映画を撮ってしまったのを見て、他人の想像力を簡単に飲み込んでしまうゾンビの回収力に警戒しました。つまり、ゾンビというのは登場させればもうそこである程度は面白くなってしまうので、それは避けなければと思っていました。

実は、これは初めて話すことですが、宗教というのは私のなかで大きな問題系なのです。

――初めて聞きました。

川村　だから、初めて話しているのです。聖書には二十代の頃から触れていました。聖書は旧約も新約も欧米の芸術を鑑賞・読解するのに必須ですからね。小説ではドストエフスキーはもちろんのこと、ベルイマン、ブニュエル、パゾリーニといった監督らの映画の読解には必携なわけです。さらに私はジャン・ピエール・メルビルの『モラン神父』、ロベール・ブレッソンの『田舎司祭の日記』といった宗教者を主人公にした映画を愛しています。そういうこともあって聖書に関しては、事あるごとにつらつらとページを開いたり、時には集中した時間を作って読んだりもしています。

仏教にも興味を持っています。私の宗派は浄土宗です。この浄土宗とやらはどういうものか知っておかなければと法然を調べたり、そこから親鸞と浄土真宗に学習の手を伸ばしたりしました。友人の作家に浄土真宗のお坊さんがいるので、彼には折々にふれ、宗派の周辺のことを聞いたりしていたのですが、今回、『カミの森』を書くに当たって、今一度じっくり講義を受けるという時間を持ちました。

キリスト教、仏教を主眼にした宗教の学習はこれからも続けたいと思っています。ただイスラム教は手付かずのままでいます。欲求はあるのですが、なかなかそこまで手が届かない。

——二〇一九年の『ノート』にはオウム真理教をモデルにした宗教団体が描かれていますが、あの作品を書いた動機も宗教への興味からということなのでしょうか？

川村　それはあると思います。なぜ、人を慰撫し救済を目的にしたはずの宗教があのような犯罪に帰着してしまうのか、という問いを自分のなかで設定しました。

今回の劇は、あるテレビ番組でヨーロッパの哲学者が、「人間が生きていくのには宗教が必要だ」といった主旨のことを述べているのを見たのがきっかけになっています。

——どなたでしょう？

川村　覚えていません。名前は忘れましたが、なぜかその言葉が引っ掛かって考え出したのです。すると自分をはじめとして大多数が無宗教状態でいる日本人はどうすればいいのだろうか、と。

日本人の自殺者数が減らないで増えるのは、そのせいだろうか？
では、日本人はどの宗教を依り所にするのが合っているのだろうか？
あるいは、新たな宗教が必要とされるのだろうか？
あるいは、宗教的なるものとは無縁のままでいるほうが得策なのでろうか？
などということを考え始めたのです。

――構想を始めたのはいつ頃ですか？

川村　二〇二二年五月に開催したT Crossroad短編戯曲祭〈花鳥風月〉で私は『カミの森』の冒頭部分二十枚をスタートラフとしてリーディング上演しています。構想は二〇二一年から始めていて、スタートラフにおけるリーディングはその後、短編戯曲祭において夏、秋と続き、先を書き続けていきました。

――二〇二二年七月に安倍晋三元首相が暗殺され、それから統一教会の問題などが湧き起こり、それは現在も継続していますが、そうしたことに触発された部分はあるのでしょうか？

川村　実はまったく触発されていませんし、影響もありません。そう思われては困るということではなく、現実にないのです。執筆メモには初稿の完成が二〇二二年六月三十日とあります。つまり、安倍元首相暗殺の七月以前にとりあえずラストまで書き上げていて、物語の展開はほぼその初稿から変わってはいません。メモをたどると三稿を経て決定稿にたどり着いているわけですが。

事件が起きてから、これはモデルにしてると思われるだろうなとは思いましたが、特別に困ったことでもないので、初稿の展開を書き換えることはしませんでした。

――劇の中で、Aが展開する無教は、創作ですか？

川村　はい。

――シモーヌ・ヴェイユ、ギー・ドュボール、ドストエフスキーが引用されているようですが？

川村　『ヒト言行録』のなかでです。『ヒト言行録』には私の創作も含まれていますが、ヴェイユが多く引用されています。

――なぜヴェイユなのでしょうか？

川村　なによりその厳格なスタイルと、とことんまで原理に突き進もうとする純粋と破滅に引かれるからです。ヴェイユの冷徹にして熱い文体は、私にとって『モラン神父』、『田舎司祭の日記』といった映画言語との共通項も見出せます。

しかし、私がヴェイユほど厳格ではないのは、劇を読んでいただければわかると思います。私は原理と心中する型の人間ではなく、ぶざまさを晒しながらも生きようとする者のようです。

――あなたは劇で展開される無教を肯定しているのですか、否定的なのですか？

川村　わかりません。

――答えたくない、ということですか？

川村　わかりません。

――答えるのが作者の責務だと考えないのですか？

川村　単に否定するためだけのために、わざわざ二時間もの劇を創るのに意味があるのでしょうか。これぐらいでよろしいかと思います。これ以上エンタテイナーとして振る舞いたくはありません。

――そう言いながら、あなたはもうべらべら喋り終えてますよ。

川村　不徳の致すところです。宗教についてはこれからも書くと思います。

――今日はどうもありがとうございました。

二〇二三年五月・三猫亭にて

2022年 T Crossroad 短編戯曲祭〈花鳥風月〉於：雑遊
『カミの森』スタートラフ

「春」5月24日、29日
◉ CAST
今井朋彦、高木珠里、内田靖子、中村 崇、神保良介、田中壮太郎、
伊東 潤、石村みか、滝 佑里、佐藤 満、飯川瑠夏

「夏」8月23日、28日
◉ CAST
小林勝也、高木珠里、大沼百合子、亀田佳明、阿岐之将一、
加藤虎ノ介、石村みか、蓮見のりこ、植田真介、神保良介

「秋」11月27日
◉ CAST
笠木 誠、中田春介、須賀貴匡、谷部央年、中山義紘、福寿奈央、
橘 麦、土井ケイト、堺 小春

上演記録

◉公演日時　2023年5月31日（水）～6月11日（日）座・高円寺1

◉ CAST

A：今井朋彦
B：堺 小春
C：大沼百合子
D：中田春介
E：阿岐之将一
F：高木珠里
G：田中壮太郎
H：加藤虎ノ介
I：福寿奈央

◉STAFF

演出：川村 毅
音楽：杉浦英治
照明：佐々木真喜子
音響：原島正治
衣裳：伊藤かよみ
ヘアメイク：川村和枝
演出助手：小松主税
美術・舞台監督：小笠原幹夫
宣伝美術：町口 覚
製作：平井佳子

主催：株式会社ティーファクトリー
提携：NPO法人劇場創造ネットワーク／座・高円寺
　　座・高円寺　夏の劇場06／T Crossroad〈花鳥風月〉そして春

川村 毅（かわむら・たけし）

劇作家、演出家、ティーファクトリー主宰。

1959年東京に生まれ横浜に育つ。

1980年明治大学政治経済学部在学中に劇団「第三エロチカ」を旗揚げ。86年『新宿八犬伝 第一巻—犬の誕生—』にて岸田國士戯曲賞を受賞。

2010年30周年の機に『新宿八犬伝 第五巻』完結篇を発表、全巻を収めた［完本］を出版し、第三エロチカを解散。

2013年『４』にて鶴屋南北戯曲賞、文化庁芸術選奨文部科学大臣賞受賞。

2020年Covid-19による世界的パンデミックの折、40周年を機に、劇作家のためのワークショップT Crossroadを開始。2022年公募により参加劇作家を募った短編戯曲祭<花鳥風月>を春夏秋冬に開催、演出。『カミの森』もこの戯曲祭にて試演を重ね、一年間を掛けて書き上げた。

現在、2002年に創立したプロデュースカンパニー、ティーファクトリーを活動拠点としている。戯曲集、小説ほか著書多数。http://www.tfactory.jp/

※本戯曲の使用・上演を希望される方は下記へご連絡ください。

株式会社ティーファクトリー
160-0023 東京都新宿区西新宿3-5-12-405
info@tfactory.jp　tel.03-3344-3005

カミの森

2023年 5 月20日　初版第 1 刷印刷
2023年 5 月31日　初版第 1 刷発行

著　者　川村　毅
発行者　森下紀夫
発行所　論 創 社
東京都千代田区神田神保町 2-23　北井ビル
電話 03（3264）5254　振替口座 00160-1-155266
装丁　町口覚＋清水紗良（マッチアンドカンパニー）
写真　山上新平
組版　加藤靖司
印刷・製本　中央精版印刷
ISBN978-4-8460-2284-6　